Le Facteur phi

COLLECTION FICTIONS

FRANCK MANUEL

Le Facteur phi

Roman

ANACHARSIS

ISBN : 979-10-92011-036

En couverture : Anonyme, *Le vélo*, vers 1890©Lumière des roses

Diffusion-distribution : Les Belles Lettres

43, rue de Bayard
31000 Toulouse
www.editions-anacharsis.com

Prologue

– Le dernier. Là… Merci.

Il m'écoute à présent, satisfait.

– Tout le monde dit qu'on ne peut pas penser l'infini. Faux ! dis-je. Imaginez que l'espace soit fini. Imaginez qu'à un moment, vous avez parcouru l'intégralité de l'espace et vous parvenez à la fin. Glaçon ? Je prends. Que se passe-t-il alors ? Une fois parvenu à la fin de l'univers ?

Le glaçon crépite. M. Jourde remue la tête.

– L'univers fini serait contenu dans un autre univers plus vaste. Comme ce glaçon.

J'image, pour qu'il comprenne bien.

– Un espace nécessaire. On ne peut pas penser qu'il n'y soit pas, qu'il n'y ait rien au-delà. Mais poursuivons. Et voilà que nous traversons cet espace nouvellement découvert, tout droit, et que nous arrivons à sa fin. Alors ?

Je suis allé trop vite pour parcourir un si grand espace. Il ne suit pas. Je l'attends.

– À la fin de cet univers aussi ? il demande.

J'opine et j'assène :

– Même chose. Je ne peux pas imaginer *rien* derrière ce nouvel espace, ou autour. Même si, de façon abstraite, en pensée, (suivez bien !) je postule ce rien, ce rien est encore *quelque chose*, une profondeur dans laquelle s'enfoncer, un contenant. Et ce contenant, s'il n'est pas infini, sera lui-même contenu dans un autre contenant, qui sera à son tour contenu dans un autre contenant, à l'infini. Vous suivez ?

Il suit. Je vide mon verre d'un trait.

– Le problème de l'esprit humain, ce n'est pas de penser l'infini, c'est de ne pas penser le fini. L'idée d'une fin définitive, d'un espace tout à la fois clos sur lui-même et pourtant seul existant, non contenu dans un contenant, est impensable.

L'effort est visible. Il pédale à toute vitesse pour ne pas être distancé. Il me ressert. Je bois une gorgée, je fais tourner le glaçon dans le liquide qui le contient, et là, j'accélère !

– Théorie de la relativité. Très élégant du point de vue du calcul.

Il admet.

– Mais, les calculs ne dévoilent pas l'univers. Ce qu'ils dévoilent, c'est notre mécanisme de perception.

Il sue. Il boit. Il me demande si j'en veux un autre. Je pédale.

– La courbe de l'espace-temps ne décrit pas une vérité de la physique, mais la façon singulière qu'a l'esprit humain de percevoir l'espace et le temps. Nous ne pouvons finalement mettre en système, théoriser, que notre propre système puisque nous fonctionnons à l'intérieur, en vase clos.

Il se ressert. Moi, je pédale.

– Suivez bien ! Nous sommes nous-mêmes un univers fini, mais nous ne pouvons nous penser tel, nous nous croyons clos sur nous-mêmes et nous nous inventons des prolongations extérieures que nous repoussons sans cesse plus loin et que nous croyons percevoir, chaque fois que nous parvenons à un terme, ou plutôt chaque fois que nous leur assignons un terme. Illusion. Nous inventons d'abord l'espace et le temps dans lequel nous plaçons ce corps, cette enveloppe, puis viennent l'air, la nature, la Terre, plate d'abord, puis ronde bien sûr, l'espace, plat d'abord, puis infini, avec des myriades de galaxies et maintenant les trous noirs qui donnent accès à des univers parallèles. Illusions ! Parce que nous sommes des entités incapables de nous imaginer comme simplement finies. Ce que nous expliquons par la science, donc, ce n'est pas l'univers, mais notre propre construction d'une extériorité qui nous rassure (je lâche le mot) ontologiquement, et nos moyens pour y parvenir.

Il dit qu'il comprend. Mais il y a un mais… Si un homme invente ce qui lui est extérieur, lequel de nous deux a créé l'autre ? Voilà ce qui le tracasse à présent. Qui est la prolongation de qui.

– Pour ma part, je suis convaincu que c'est moi ! Mais je vous autorise à penser de même ! Allez, c'est pas le tout. Tenez ! Je file, sinon je finirai jamais. À demain, monsieur Jourde, et bonne journée !

M. Jourde regarde le jeune homme monter sur sa bicyclette et s'éloigner. Il secoue la tête, sa revue scientifique roulée en cône dans la main, puis observe sa femme qui revient du jardin. « Ah ! Te voilà. Écoute un peu ça. » Et il recommence pour elle tout l'exposé. La femme écoute, sourire aux lèvres, tout en secouant la tête. Ce facteur ! Quel numéro. Pédale sur la courbe de l'espace-temps. Sa théorie. Univers parallèles. Vase. Il la lorgne avec sa revue, comme avec une lunette : a-t-il inventé sa femme et si oui, pour quelle raison l'avoir faite ainsi ? Une idée saugrenue, importune même. Ou bien serait-ce elle ? Non… Non… Impossible cela ! Il existe bel et bien, lui ! Aucun doute. Mais pourquoi être allé s'inventer une pareille haridelle alors qu'il aurait pu se prolonger, comme disait l'autre, plus agréablement ? Pourquoi ces mains épaisses, ce cou court, ces yeux ternes et cette façon de secouer la tête comme s'il y avait un ressort sous le menton ? Lunette en main, il scrute le visage de son épouse et en suit la lente révolution tandis qu'elle dodeline. Cratères d'impact. Une moue de dégoût, il la sent sur son visage, un instant très court, un éclair qu'il cherche à cacher aussitôt et c'est à cela, sans doute, qu'elle le perçoit, et elle paraît effrayée tout à coup. « Qu'est-ce qu'il y a ? » La voix est un peu tremblante, mais contenue. « Mais rien. » La sienne est froide. Il déroule la lunette et se réfugie dans le fameux article : « Théorie des cordes : les univers parallèles ». Son regard croise de nouveau celui de sa femme. Il l'aime pourtant, oui, il l'a toujours aimée. Il pose sa revue, se lève, embrasse tendrement son épouse qui sourit, soulagée, et secoue la tête. Comme un ressort.

– … C’est comme ta tournée, tu comprends. Tu ne peux pas imaginer qu’à côté de ta tournée, tout autour, il n’y ait pas d’autres tournées. Eh bien, si tu parviens au bout de l’univers, alors tu ne peux pas…

Pierrot ne m’écoute pas, il continue, imperturbable, la mastication de son tri : « Vincent (Zo), Cochet (la case), Pihuit (et neuf), Labarthe (sur Lèze)… »

Son voisin de tri, c’est Pierre. Pierre et Pierrot, ça ne s’invente pas. Matin après matin, Pierre rit à certains calembours de Pierrot. Et, matin après matin, je cherche désespérément à percer le secret de cette hilarité en apparence aléatoire, qui doit pourtant bien répondre à un système, une logique qui justifie l’intermittence : rien n’y fait. Un jour, le rire se déclenche à « Casaucau (Késako) », puis un peu plus tard à « Reine (Claude) » ; le lendemain, il explose à « Tournier (les manivielles) » et « Manuel (faquitaine) ». Tous les autres le laissent insensible. Pire, lorsque Pierre rit, Pierrot s’interrompt parfois pour rire avec lui, comme s’il appréciait soudainement le caractère comique de l’astuce onomastique qu’il répète pour la millième fois. Qui plus est, tous deux portent la moustache.

Il faut bien reconnaître cependant que le port en est inégal. La moustache de Pierre vient comme naturellement se placer à l’ombre d’un nez busqué, une moustache taillée, une moustache de caractère sous un appendice de caractère, lui-même surplombé d’une paire d’yeux malins, d’un beau bleu sombre. La moustache de Pierrot semble factice. Un côté est toujours coupé plus court que l'autre, et le côté plus fourni dépasse presque la longueur d'un petit nez étroit, aux narines verticales et noires que répètent les deux taches noires des yeux. Pourtant, malgré la vacuité de l'expression, Pierrot n'est pas plus bête que Pierre. Sous des dehors épais, il fait souvent preuve d'une grande finesse, où Pierre, malgré des éclats dignes d'un cadet de Gascogne, demeure bien pâle. Les fenêtres de l'âme se révèlent parfois dans les trompe-l'œil. Hélas pour les Pierrots de tous bords, bien des cœurs s'arrêtent à l'illusion première. Paresse intellectuelle, sans doute, ou raffinement esthétique, c'est aux yeux bleus et au nez gascon que s'arrête plus volontiers Josiane. Pierrot lui donne pourtant du Josie à tour de bras, zézayant et mielleux à en faire frémir le côté le plus long de sa moustache. « Et bonzour Jozie », il roucoule, l'œil tournant de gourmandise. « Elle est zolie, Jozie. » Il prend un ton de petit garçon lubrique, légèrement ironique, vaincu déjà. Et Josie pince les fesses de Pierre, dans le dos de Pierrot. Et Pierre, immanquablement, lance : « Eh ! Josie ! C'est plus facile de rester la bouche ouverte… – Que le bras tendu ! » termine Pierrot. Et tout le bureau s'esclaffe.

Moi, je reste concentré sur mon tri. Le défi, c'est la vitesse. Tout le jeu consiste à envoyer les lettres depuis le ventre, contre lequel on appuie le tas, jusqu'à la case correspondante, en déplaçant le moins possible la main. Il faut viser juste et ne pas hésiter, enchaîner immédiatement avec la lettre suivante, suivre le rythme. C'est ainsi que l'on devient rapide. Le courrier vole devant moi avec précision et vélocité. Les noms dansent devant mes yeux. Mon cerveau envoie instantanément en réponse le numéro de la case correspondante et la main projette dans la bonne direction. Je sais que j'irai plus vite encore lorsque je n'aurai plus besoin de passer par le numéro, lorsque le nom sera directement associé à l'emplacement de la case. Et je fais valser devant moi les deux cent cinquante-quatre clients de ma tournée, chacun dans sa case. Chaque case me renvoie l'image du quartier qu'elle renferme. À la manière de ces beignets chinois qui s'épanouissent dans le bouillon, tout un lotissement, avec ses jardins, ses maisons, ses trottoirs et ses boîtes, se déploie avant de disparaître au fond. De chaque nom naissent un visage, un parfum, une voix, une phrase toute faite, répétée inlassablement – fait beau facteur, y'a autre chose que des factures aujourd'hui, ah il est heureux, le facteur, posez-le sur la boîte, n'ayez pas peur, il n'est pas méchant, vous allez bien prendre quelque chose, encore en retard, il n'a jamais mordu personne –, une porte, un éclat de rouille sur le vert d'une boîte, la sensation du gravier sous la roue, ou parfois un calembour de Pierrot, car celui-ci ne se limite pas à sa seule tournée mais dispose d'un jeu de mots applicable à chacun des deux mille clients du bureau.

Mais là, rien. La main reste suspendue. Le regard erre sur le casier, redevenu un simple quadrillage de métal. Le nom tourne dans ma tête comme un merle affolé qui se cogne à la vitre, et finit par se poser sur ma langue :

– Houdin… Houdin… Houdin…

– Montre un peu voir, dit Josie. Houdin… Houdin… Houdin… Non, ça ne me dit rien. Voyons, rue des Myosotis. Oui, la rue est bonne. Tu sais, c'est la rue de chez Marcos…

– Commandant ! lance Pierrot automatiquement. Pierre pouffe. Pierrot rit de plus belle.

– Dites, les gars, dit Josie, Mme Houdin, rue des Myosotis, ça vous dit quelque chose ?

– Houdin… Houdin… Houdin… répond Pierre. Non. Y'a jamais eu de Houdin.

– Houdin (noir) ! lance Pierrot, tout heureux d'avoir du neuf à se mettre sous la dent.

Il guette Pierre du coin de l'œil, mais celui-ci ne bronche pas. Pierrot se remet à son tri. Hervé (la pitchoune)… Cabot (au pied)… Serniguet (ni triste)…

– C'est peut-être chez quelqu'un, poursuit Pierre. Ou alors un nom de jeune fille. Demande à la mère Plantin, ils sont arrivés il y a pas longtemps. C'est peut-être son nom de jeune fille.

Je jette la lettre dans la case et reprends le tri. Jourde (4)… Aloze (8)… Dupuy Isabelle (5)… et les lettres voltigent : une gerbe de palombes devant moi. Josie, je le sens, m'observe souvent du coin de l'œil. De mémoire de factrice, elle n'a jamais vu ça. Même Pierre ne parvient pas à une telle grâce.

– Tiens ! Mme Houdin, rue des Myosotis. Il y en a une autre !

– Demande à la mère Plantin, répète mécaniquement Pierre.

– Plantin (sapin) !

Pierrot, rayonnant, obtient un énorme éclat de rire de Pierre, mais lui-même, cette fois, ne rit pas. Il reprend son tri comme si de rien n'était. À n'y rien comprendre.

La tournée commence par une longue côte. Trois bons kilomètres et aucune maison avant le sommet. Les sacoches débordent de lettres et de colis qui branlent à chaque mouvement : on est bien obligé, étant donné le pourcentage, de monter en danseuse. Très vite, le souffle se fait plus court et le sang bat aux tempes. On appuie sur la pédale de droite, et il faut vite renverser la vapeur vers la gauche, car l'à-coup donné par les liasses risquerait de vous entraîner. Une fois le vélo parti sur la gauche, il faut répéter la manœuvre, avec la même rapidité, dans l'autre sens. On tire fortement sur les bras. Peu à peu, le va-et-vient bâbord-tribord devient cadence, martelée par le frottement des liasses et des paquets, et le souffle se cale rythmiquement dessus. L'air entre et ressort, entre et ressort, entre et ressort. Malgré la fraîcheur matinale, une légère moiteur naît, et vous commencez à avoir un peu froid, surtout dans les passages ombragés. Le soleil fait du bien. Au début du moins, car si un pan d'ombre n'arrive pas rapidement, on a vite chaud. À certains moments, l'alternance d'ombre et de soleil devient parfaite et l'on navigue en toute sérénité.

Tout en pendulant, j'observe les branchages noirs qui s'écoulent au-dessus de moi, entraînés lentement à contre-courant des nuages. J'admire l'enchevêtrement de leurs lignes sur le fond de plomb. J'imagine des doigts tordus. Les grands arbres figés dans une souffrance séculaire et muette. Eurydices, réclamant la dernière étreinte sur le bord de la route aux Orphées de passage. Ménades, prêtes à déchirer. *Disjecti membra poetae.* Je continue mon ascension. Dans le pré fumant, sur ma droite, un homme s'avance vers ses bêtes, un seau à la main. En silence, une vache fait une petite charge d'intimidation, comme si elle glissait dans sa direction, comme un patineur, et l'homme repart en sens inverse en courant. Ses pas ne résonnent pas. L'animal s'immobilise. Tout se fige. Seul mon souffle et le grincement du vélo, à présent, font un vacarme de tous les diables, comme une locomotive. Soleil blafard. Pâle hostie sous un voile de nuages. La main froide du prêtre qui se pose sur les langues énormes comme celle d'une orque épaulard. Je sens ses doigts, l'odeur de l'huile sainte et le goût de carton. Les orques mangent la langue des baleines. Bouts d'hostie comme des hordes d'orques dévorant les langues de grand-mère, tendues vers la main molle du prêtre, énormes cétacés réclamant leur susucre, les fesses en pompe, les yeux mouillants, dégouttant de bonté hypocrite et candide. Lumière blanc maladif, presque jaune. La couleur crayeuse de la peau quand on… *Ad patres. Suspensus in patibulo.* Les crochets noirs des branches. Amen. Je n'ai plus la sensation d'avancer. Suspendu. Je flotte. Mais je respire, avec délice. Mon cœur frappe lourdement les côtes. Point de côté. Longinus et sa lance. Ô père ! A fasciné Hitler, dit-on. À mes narines parvient l'odeur de sous-bois, humus, racines et feuilles décomposées, champignons, qui s'étend sur la gauche. D'une branche basse, presque à ma hauteur, un milan prend son élan. Les ailes d'un milan sont gigantesques, quand on les voit de près, et leur ligne agressive, deux grands V étirés sur les côtés, prêts à tailler l'air, une plaie fine et droite qu'ils tracent en silence. Je le suis du regard. Un instant, je vole avec lui. Je sens le vent sur mon nez. Il décroche et tombe en piqué, ailes recourbées, oscillant légèrement. Je le perds de vue. Le cri strident des freins. Première maison.

M. Barthélemy. Deux factures : téléphone, eau. Une carte postale. « Meilleurs souvenirs de la Guadeloupe. Voyage idéal. Petit groupe de six personnes. Tonton André. » Au dos, un coucher de soleil baveux, une mer en sang et des cocotiers inclinés en contre-jour. Sur le coin gauche, en haut du cadre rose, en caractères roses et rebondis comme des ballons de baudruche : SOUVENIR DE LA GUADELOUPE. Je glisse le tout dans la boîte sous les aboiements du chien, gardien de la tournée, le poil dressé, les crocs jaunes entre les barreaux, bave aux babines, tirez la bobinette… grattant la terre de ses griffes. Comme vous avez de grands… Le pire, quand un chien exprime de la sorte le désir de vous dévorer, c'est la lueur meurtrière de son regard, à la fois froide et effroyablement intense : légèrement de profil, il darde sur vous un œil injecté qui ne vous lâche jamais. Les plis sur le museau comme des petites vagues de nerfs sont atroces aussi. Celui-ci s'appelle Bambi. N'ayez pas peur, facteur, elle est douce comme une biche. *Dixit* M. Barthélemy.

Dans ma sacoche, le nom me fait l'effet d'une piqûre d'ortie : Mme Houdin, 4 bis, rue des Myosotis. Au 4, M. et Mme Marcos. Très bien. Une carte postale de leur fille. Vacances au cap d'Agde. Doit pas s'ennuyer. Boîtes de sable. Pâtés de nuit. Châteaux d'eau sablée champagne et coquillage. Dix-huit ans ? Dix-neuf ? Je crois l'avoir croisée. Canon : très ! Et puis ensuite, le 6 : pépé

Soldi, et son accent italien. Une lettre de Rome et une publicité pour des chaussures de sport. Qu'est-ce qu'un pépé de quatre-vingt-seize ans avec un accent italien peut bien faire avec des chaussures de sport ? Je frappe chez le premier, puis chez l'autre : personne. Mais j'aperçois, à laquelle je n'ai jamais prêté attention, entre les deux maisons, très étroite (le vélo ne passe pas), une venelle. Je prends mes deux lettres, pose le pied à terre et m'engage. Bingo ! Il y a là une charmante maisonnée, en pierre, avec des rosiers grimpant jusqu'au balcon. 4, bis, au-dessus de la porte et sur la boîte, à gauche : G. Houdin. J'avance dans l'allée. Elle zigzague jusqu'à la porte d'entrée entre les nains : qui qui brouette, qui qui bine, qui qui bêche, qui qui fume sa pipe, allongé sur un coude, à l'ombre d'un moulin, lui-même adossé à d'énormes amanites tue-mouches : « Mange-moi. » Une oie coiffée d'un bonnet de nuit entourée de croustillants oisons. Duveteux torche-culs. Les craquelures d'une corne d'abondance aux fruits blanchis par les ans brisent l'illusion de cocagne. Au lieu de déposer les deux lettres dans la boîte, je saisis le heurtoir à tête de bœuf, couleur caramel mou. Hansel et Gretel, avec la porte en biscuit italien, ou en tiramisu. Je frappe. La porte s'ouvre.

C'est une femme. La cinquantaine. Elle porte un chignon et un doux sourire. Elle s'écarte légèrement pour me laisser entrer et referme la porte sur mon passage. D'un geste de la main, elle m'indique la chaise sur laquelle je dois m'asseoir. Je m'installe et instantanément elle dépose devant moi une citronnade, avec beaucoup de glaçons. Je lui tends ses deux lettres qu'elle pose sur le coin de la table en métal, très *design*. Je bois. Elle incline légèrement la tête sur l'épaule et me sourit, dans sa robe en épais coton jaune avec un petit col qui remonte presque sous le menton. Elle a un beau sourire, tendre et engageant. Brodequins au pied, petit nœud. Je songe à d'anciennes publicités. Machine à laver lave fait bouillir rince essore. Dop super-shampoing sans savon lave et embellit les cheveux. Cadum douce comme une peau de bébé. La robe arrive juste sous le genou. Elle se penche vers moi pour me servir un second verre, que je ne refuse pas. Son parfum est très fruité. Cassis. Il dégage quelque chose de maternel. Un soupçon de réminiscence, que je ne parviens pas à faire surgir. Je plonge avec délice dans la citronnade. La table me plaît beaucoup décidément. En métal argenté, le plateau en verre, avec une forme aérodynamique. Posée dessus, une lampe Lava fusée spatiale. La tapisserie est orangée avec des losanges marron enchevêtrés. Le tapis reprend le même motif, ou presque. Elle est restée debout à côté de moi, elle ne boit pas. Je souris : « Vous avez un goût très sûr pour la décoration. C'est très *vintage*. J'aime beaucoup. » Ma voix ne retentit pas. À peine franchies les lèvres, les syllabes sèchent, tombent et se recroquevillent sur les losanges du tapis. Très *vintage* ! J'ai l'air malin. Mais elle sourit et pose sa main sur ma cuisse en même temps qu'elle s'assied sur la chaise à côté de la mienne. Je me trouble. Quelque chose de profond, d'enfantin. Assis par terre. Maman repasse. Je ne regarde pas l'écran. Mes yeux se perdent dans les rondes-bosses du bois. Elle se penche vers moi. La robe se tend autour du buste et je peux deviner la forme de ses seins. Les yeux sont marron, de l'osier. Sans expression. En sommeil. Les lèvres comme du corail, entre les joues incarnates. J'entends sa respiration, profonde. « Ce sont des lettres de mon mari, dit-elle enfin. Il m'envoie de ses nouvelles. Cela faisait très longtemps. Merci. » Elle glisse sa main sous mon coude et du bout des doigts, avec une délicatesse extrême, me redresse et me reconduit à la porte, qui se referme derrière moi. Je n'ai même pas dit au revoir. Je repars comme d'un songe. Le soleil me pousse de tout son poids. Je ne me retourne pas. Le chemin qui zigzague, les nains, la venelle, le vélo. Client suivant. Je repense à la fille Marcos. Cap d'Agde. Et moi qui bosse tout l'été. Je pédale en fredonnant. Coucouroucoucou. Moreno. Mariano. Mexico.

Je pénètre dans la demeure de Mr Peterson. C'est un Américain. Astronaute *from* Houston. On le voit rarement chez lui, mais les filles, au bureau, en parlent souvent. Et pour cause : la quarantaine, le cheveu gris très court, des yeux acier, un sourire à l'américaine, avec dents blanches bien ordonnées ; grand, mince, élégant, irréprochable. Il porte des costumes gris, sans un faux pli, comme cousus à même le corps. Et une voix de basse métallique. *Actor's Studio.* Ces dames en redemandent, tu penses ! La grille s'ouvre d'elle-même. Une longue côte qui serpente au milieu d'un parc, gazon nu, vert uni, le *green* parfait. Au sommet de la butte, un bloc de béton et de verre bleu, chic et froid bunker de luxe. S'étirant sur l'arrière, une grande verrière aux ferronneries Art déco, seule concession faite à la pompe rococo, au-dessus du rectangle bleu de la piscine. Je pense à Hockney. *A Bigger Splash.* La porte s'ouvre. Mr Peterson *himself*, en maillot, un short court, carré de tissu brillant qui moule les cuisses. Il se sèche les cheveux énergiquement avec une serviette blanche. Je vois son aisselle rasée. Pectoraux. Abdominaux. Des lignes perpendiculaires. Au cordeau.

– J'ai un recommandé pour mister Peterson.

Je prononce son nom avec l'accent. Humour. Il sourit poliment. Parfait. Ça ne méritait pas mieux.

– Entrez, entrez, nous allons voir cela, mister Postman.

Il prononce avec un accent français impeccable, y compris les derniers mots. Je suis battu.

– Veuillez m'excuser pour la tenue. Je faisais quelques longueurs.

Ben voyons ! Il me conduit vers le bar américain, finit de s'essuyer les cheveux tout en marchant et jette négligemment la serviette par terre, dans un coin de la pièce. Carrelage blanc, évidemment. Il enfile un T-shirt col en V. Les ailes du milan. Collé au torse. S'installe derrière le bar. Je me pose en face, une fesse sur le tabouret, dans ma tenue ridicule de facteur. Norman Rockwell à présent. *The Runaway.* Il agite le bras. Shaker en Santoprène. Le nec plus ultra.

– Un cocktail ?

Queue de coq ? En T-shirt et maillot carré. Quand je dirai ça à Josie…

– Non merci, je pédale.

Et toc ! J'ai un métier, moi.

– C'est sans alcool, évidemment.

Évidemment. La serviette en boule, dans un coin. Torchon gris. Le torchon gris dans la bouche.

– Carotte, kiwi, tomate, un œuf et un peu de lait. Un régal ! Excellent pour la santé.

Le torchon gris qui glisse. Lentement. Dans la bouche de l'enfant. Qu'est-ce que c'est ? Un film ? Ah… oui ! Un rêve que j'ai fait.

– Montrez-moi un peu ce recommandé ? Ce doit être mon ordre de mission. Je pars bientôt. Vous avez dû en entendre parler.

Je fais signe de la tête que non. J'ai l'air hagard. Changer d'expression. Je plonge le nez dans mon verre. Couleur indéterminée.

– La mission. Vers Mars. Ça ne vous dit rien, vraiment ?

J'ai failli tout cracher. Je déglutis.

– Le voyage pour Mars ? Vous en êtes ? Noooon…

Il se contente de sourire, modestement. Dents blanches. Ultrabrillantes. Comme le carrelage.

– Vous partez quand ?

Les yeux n'ont pas cillé. Les miens reviennent sur la serviette. Le torchon gris glisse lentement sur le sol. Il s'accroche. À ma main il colle. Impossible de…

– Dans deux jours. Vous avez eu de la chance de me trouver. Ce sont mes dernières heures sur Terre avant une longue absence.

– Trente-six mois ! Oui… J'ai lu un article. Ils parlaient des difficultés psychologiques liées à un tel voyage. Trois ans dans un espace confiné, à plusieurs. La simulation pendant neuf mois dans la station antarctique de Concordia. Vous avez fait ça ?

– Eh oui.

Goguenard maintenant.

– Mais vous avez raison. Le plus gros problème, ce sont les facteurs psychologiques. Nous sommes triés sur le volet vous savez. Un moral d'acier, une santé de fer, c'est la clé du succès.

Retour des dents blanches. *Iceman.* Et soudain, je me mets à lui en parler. Je ne sais même pas pourquoi. Un écoulement. Les mots franchissent d'eux-mêmes la barrière des lèvres. Alors que ça n'a rien à voir avec ce dont nous sommes en train de... Mon rêve. Je lui parle de mon rêve. Il prend l'air intéressé. Il est surpris, visiblement. Déstabilisé. Pas désagréable.

– Oui, j'y pense à cause de votre serviette, là.

C'est vrai que c'est gênant, cette serviette jetée là, en vrac. Ça ne colle pas. Le type comme une statue grecque. Le maillot. Le T-shirt. Le cocktail. Pas une tache sur le bar américain en roche volcanique. Carrelage immaculé. Les lignes perpendiculaires en béton cellulaire. Les baies vitrées transparentes. Et lui, il jette sa serviette. Il balbutie :

– Ma... ma serviette ?

Il est visiblement embarrassé. J'ai l'impression de le tenir. Mais le tenir pourquoi ? À quoi jouons-nous ? Je poursuis. C'est si facile. Il m'écoute à présent.

– Un drôle de rêve... Je suis dans une pièce obscure, vide, à l'exception du lit sur lequel je me tiens. Tout est sale, poussiéreux. Il y a des toiles d'araignée. Et par terre, dans un coin, il y a le torchon. Gris. Il glisse sur le sol, très lentement, mais tout seul. Il avance. Il va tellement doucement que je le perçois sans m'en inquiéter. Je le regarde venir vers moi, en pensant à autre chose, ou à rien. Comme un de ces fantômes japonais. *Kairo.* Vous l'avez vu ?

Il fait signe que non de la tête. Son regard m'engage à poursuivre. J'ai éveillé sa curiosité. Je le tiens, le fumier. *Top Gun* de mes deux. Je le tiens par les esgourdes.

– Bref. Le torchon s'approche et, comme si c'était un courant d'air qui le poussait, comme une toile d'araignée, mais c'est bien un torchon, il s'accroche au bord du lit et lentement, très lentement, au hasard de ses mouvements, il continue à s'accrocher, il colle et grimpe progressivement sur le lit, jusqu'à moi. C'est comme une vidéo montée à l'envers. Les mouvements du torchon, je veux dire. Je ne bouge pas. Je suis fasciné. Au bout d'un long moment, il a touché ma main. Juste un coin, sur ma peau, le dos de ma main. Je la retire, effrayé brusquement, comme si le torchon représentait maintenant un danger. Je retire la main mais il est accroché, il tournoie et se colle à ma chemise. J'essaie de l'enlever avec l'autre main et il s'accroche à l'autre main et à mes cheveux. Je l'attrape violemment et le jette, il reste accroché par un tout petit coin à mon pouce et s'accroche par un autre coin au visage d'un enfant qui est à côté de moi tout à coup. C'est un petit garçon. Trois ans, peut-être quatre. C'est peut-être moi. Il ouvre des yeux immenses et crie. Le torchon quitte mon pouce. Il se décroche avec un drôle de bruit. Je veux le reprendre. « Pas l'enfant, je me dis, pas l'enfant. » Mais je ne parviens plus à bouger et le torchon glisse toujours aussi lentement vers la bouche de l'enfant qui crie, il pénètre dans la bouche ouverte, lentement, il se glisse dans cette bouche et l'emplit tout entière et le cri de l'enfant devient sourd.

– Et après ?

– Je me suis réveillé là, je crois. Horrible, non ?

– Horrible, oui… Mais au moins, vous êtes revenu de votre cauchemar. Nous ne reviendrons peut-être pas du nôtre. C'est une éventualité à laquelle nous nous sommes préparés.

Il se parle à lui-même à présent, la voix blanche. Ses yeux observent derrière moi l'immensité insondable de l'univers : Mars !

– Eh bien, mister Postman… Je vous remercie pour le recommandé et pour votre étrange récit. Un cauchemar, voilà peut-être le meilleur souvenir de la Terre, le plus humain, à emporter. Qu'en dites-vous ?

Je ne réponds rien, confondu par son élégance supérieure et foutrement hollywoodienne. Je repars un peu peiné. C'est certain. Josie ne voudra jamais me croire. Dans mon dos, je sens la présence de Mr Peterson. Il n'a pas fermé la porte. Il reste là, sur le perron, avec le cliquetis de ses yeux métalliques, à me regarder m'éloigner, puis disparaître dans l'encadrement du portail électrique qui se referme automatiquement.

Je vide mon verre. Jean est un ami. Il est artiste. Reconnu. Il m'explique souvent ses nouveaux projets, avec de grands gestes de ses longues mains. Je lui fais part des miens et il a la gentillesse de s'y intéresser. Il penche un peu son énorme tête et il dit : c'est très bien, oui, c'est très bien. Ou : ça m'intéresse beaucoup. Je ne remets pas en doute sa sincérité. Je pourrais, mais non. Je suis flatté.

C'est cela, l'amitié. Aucune gêne, aucune honte. La nudité de l'âme. Jean me ressert un verre.

– Ah ! Il faut que je te montre quelque chose.

Jean se lève. Je vide mon verre. Nous nous dirigeons vers le jardin. J'aime bien le jardin de Jean. Il est traversé par un petit ruisseau qu'il a fait se diviser en quatre bras. Il a planté toutes sortes d'arbres : tous les fruits à portée de la main. Même hors saison, car Jean possède aussi une serre où il s'amuse à créer le printemps en automne. Nous pénétrons dans la serre.

– Voilà.

Il me montre, tout fier de lui, des pieds de tomate.

– Tu as planté des tomates ?

Il me montre les feuilles.

– Non, non, regarde. Ce ne sont pas de simples tomates. C'est un hybride. Tu sais, le petit voisin qui plante de l'herbe dans le jardin de sa grand-mère. Je t'en avais parlé. Il lui fait croire que ce sont des tomates.

– Un grand classique !

– C'est de là qu'est venue l'idée. Croiser des pieds de tomates avec des plans de cannabis.

– C'est génial ! Tu fumes les feuilles ou tu manges les tomates ?

– Non, non. Tu les manges !

– Tu les as goûtées ?

Il répond que non, que ce n'est absolument pas le but, que la démarche est purement artistique, il compte d'ailleurs les présenter dans une prochaine exposition.

– La méthode restera secrète, tu comprends. Je ne veux pas être à l'origine d'une nouvelle drogue pour jeunes. Tu imagines le tableau ? La défonce à la purée de tomates. Le ketchup hallucinogène. C'est sûr, ça ouvre des perspectives, mais ça demeurera au stade du potentiel, c'est toute la beauté de la démarche.

J'insiste un peu, au cas où. C'est que j'aimerais bien tester, moi ! L'herbe rouge. Je suis tenté. L'idée semble lui plaire. Pas de tester, non, mais le nom : l'Herbe rouge ; ouais, c'est pas mal ça. Un peu littéraire comme ça, sans vrai rapport non plus. En anglais, peut-être : *Red Grass.* Ça lui donne un côté jazzy, à sa tomate. Je quitte Jean sans insister. Il semble inflexible. Pas de consommé. Tant pis !

Jean referme la porte et retourne dans la serre, arroser ses pieds de tomates. Non ! Les goûter serait criminel. Cela ruinerait tout le concept. *Red Grass.* Après tout ! Il tend la main, une longue main à la Crivelli, hésite puis cueille un fruit bien rouge. Le rouge séduisant. Et il croque dedans à pleines dents et il voit que le fruit est bon à manger. Le goût de tomate l'emporte, mais le cannabis donne une petite saveur épicée qui n'est pas désagréable du tout. Attendre à présent. Attendre que la digestion fasse son effet. Jean s'installe dans sa chaise longue et se laisse aller, les yeux dans le ciel, à une vague rêverie. Joie du *farniente.* La paresse est un cadeau de Dieu fait aux hommes.

Une heure plus tard, les yeux de Jean se sont retournés dans ses orbites. Il voit ses nerfs optiques s'étendre et se croiser. Les yeux se détachent et suivent le chemin, roulent à l'intérieur du crâne, rebondissent sur les plis du cerveau, dévalent les canyons et font halte chacun sur un des deux hippocampes. Ils sont là, graciles, se faisant face, agitant leur nageoire dorsale. Ils plongent leur bouche tubulaire dans la matière gélatineuse et pompent.

Ils aspirent goulûment, à longs traits et, une fois leur abdomen bien arrondi, partent au galop, chevauchés chacun par un œil. L'herbe moutonne autour du sillon tracé par leur queue. Flanc à flanc. Au sommet se tient la petite maison familiale. Maman est sur le perron. Elle regarde les deux cavaliers qui foncent vers elle, une main en visière. Les hippocampes flottent. Ils frottent leur tête contre sa poitrine, elle les caresse doucement puis tend ses deux mains, longues et fines. Les montures baissent museau et les yeux roulent le long du cou jusque dans les paumes de maman. Elle tient les globes devant elle. Sa voix est comme de l'or : tu es là mon petit Jean, tu es rentré. Allons, c'est l'heure du bain. On pénètre à l'intérieur. Un lapin est en train de cuire. Papa mène les hippocampes à l'écurie. Jean voit sa grande silhouette se dessiner dans l'encadrement de la fenêtre, puis disparaître. Dans la salle de bain, l'eau coule déjà. Maman jette les deux yeux dans le bouillon qui fume. Ils flottent comme des bouées dans la vaste étendue. Elle approche un gant et frotte doucement. « Là, tu brilles comme un sou neuf à présent, mon petit lychee. » Elle saisit un des yeux entre ses doigts. Jean sent la légère morsure des ongles maternels. La bouche s'ouvre et croque. Une moitié de Jean est broyée sous le regard de l'autre, à qui maman sourit. « Tu vois, ça ne fait pas si mal. À ton tour maintenant. » Jean veut nager, partir dans l'autre direction, mais le courant le ramène vers les griffes qui le saisissent et le projettent dans la cavité. Sa couche externe cède sous la pression des mâchoires. Il sent que son humeur vitrée se disperse sur la langue et glisse dans l'œsophage. Il chute. Puis il flotte. Une sensation de douceur extrême. Il entend les voix sourdes de maman et papa à l'extérieur. Il ne comprend plus ce qu'ils disent. Les mots. Ce ne sont que des mots. Ils ne veulent plus rien dire. Rien n'existe que la sensation de flotter dans les ténèbres qui couvrent l'abîme et son souffle qui agite la surface des eaux. *Fiat lux.* Jean ouvre les yeux. Il est au monde. Une violente crampe d'estomac le plie en deux, il se tourne sur le côté et vomit. Il aspire l'air du monde avec précaution. Il entend le pas qui se promène dans le jardin. Quelqu'un vient. Jean se rend compte du froid et s'aperçoit soudain qu'il est étendu nu, dans l'herbe verte de son jardin. Il se lève et se cache derrière un arbre. C'est son père.

– Habille-toi et suis-moi, Jean. Ta mère est à l'hôpital.

Combien ça pèse, un facteur ? La masse en est considérable. Je pédale, en danseuse. Bâbord. Tribord. Bâbord. Tribord. Bâbord. Tribord. Les gravillons comme des traits qui filent dans l'autre sens. Combien de vivants, en voyant le facteur sillonner la plaine qui s'étend devant la fenêtre, prennent conscience de l'extraordinaire phénomène ? Combien voient l'énorme masse qui passe sous leurs yeux comme une comète ? Combien savent la force de résistance qu'il faut à la réalité alentour pour ne pas être entraînée par la pesanteur de cette lourde chimère qu'est un facteur ? Bâbord. Tribord. Bâbord. Tribord. Bâbord. Tribord. D'abord, bien sûr, il y a le poids des lettres. Que c'est lourd, une lettre ! Quelle quantité d'irréel elle contient ! Je ne te reverrai qu'en septembre, tes doigts, tes grains, ton rire, amassés sur le papier, tous les kilos de son absence dans la sacoche, par-dessus cette autre : mémé va mourir d'un gros crabe tout noir logé dans le squelette, qui l'écrase de toute sa carapace de béton et que je transporte avec tout le chagrin et la culpabilité. Et celle-là : votre voisin vous épie, un pervers, trompe sa femme, dit du mal de vous partout, vole vos pommes en votre absence ! Bon poids de haine crasse, à charrier, avec le reste. Je vais te quitter aujourd'hui. Ce soir. Chaque son de ton corps m'est une douleur. Mettre enfin un terme à tous ces petits bruits qui me tombent sur les nerfs comme des gouttes qui rongent rongent. Rien que l'idée de tes sanglots me révulse, etc. Cher Paul, il fait beau. Le magnolia a grandi et nous aimons nous asseoir dessous. Hier, nous avons vu passer un vol de grues par-dessus les grues. Nous nous reposons – avec tout ce qui n'est pas dit dans ces mots et que l'autre, en lisant, comprendra. Les poussins sont nés. Tu les verras en rentrant. Amuse-toi bien et sois bien sage avec ta tante. Monsieur, nous avons le regret de vous informer que votre candidature n'a pu être retenue. Salut frangin ! Voilà des mois que je n'ai pas pris le temps de t'écrire. J'espère que tout se passe bien et que tu ne t'ennuies pas trop. N'oublie pas de venir nous voir quand tu auras ta perm. Souvenirs, projets, procès, résultats médicaux, faire-part de mariage, de naissance, angoisses, mensonges, confessions, factures, réconciliations, pardons, publicités pour des crédits immobiliers, chaleureux remerciements, amertumes, déplorations, meubles saisis, tragédies familiales, millions gagnés, haines ancestrales, pulsions, compulsions, ratures et remords, relevés de compte, tréfonds de l'âme, splendeurs de l'insignifiance, des mondes entiers, superposés, entassés, l'esprit du temps, tout entier dans ma sacoche, et j'en suis le valeureux Atlas. Les gravillons défilent. Je pèse des mégatonnes de vies humaines que j'emporte dans ma course, à toute vitesse. À cela s'ajoute mon propre poids, sur les pédales. Bâbord. Tribord. Les pensées que j'emporte. Suis-je le même à bâbord ? Suis-je le même à tribord ? Je ne m'efface pas à chaque mouvement. Je m'accumule. Bâbord : la jambe gauche appuie. Je pense à Bambi, qui m'attend en haut. Tribord : la jambe droite se tend. Tentacules d'un poulpe devant un miroir. Gauche : j'ai dû dormir tordu. Droite : froid comme. Gauche : papa a installé des cales en bois pour que j'atteigne les pédales. Droite : ne pas oublier le recommandé de M. Jourde. Gauche : sable chaud pédalo 15 francs d'argent de poche pour faire la semaine droite Bovary vient de bœuf taureau castré perd sa cravache gauche l'inspecteur impuissant finira pendu droite Emma à l'arsenic nique nique s'en allait qu'est-ce qu'un jésuite gauche le cerisier au fond pas le droit de manger des cerises pas le droit de monter à l'étage pas le droit de sentir la peau droite comme un i j'ai dit pourquoi tu as menti jaloux non envie d'être méchant comme le chat au fond du lit je lui donne des coups de pieds j'enterre mes paquets de chameaux dans la forêt on l'a jamais retrouvée mémé est morte l'Étranger des nouvelles sur l'Algérie tout le monde a toujours chaud une histoire de fourmis j'ai oublié que je pédalais. Droite : pédaler, c'est être pleinement dans l'instant. Si je me concentre, je peux me penser à gauche quand je suis à droite, garder la sensation d'être à gauche, à côté de moi-même, penché de l'autre côté, me regarder qui me regarde et je perds conscience de ce qui m'entoure, le ciel, les arbres, les vaches, la chaleur : c'est un autre présent qui m'échappe et dans le même temps j'ai onze ans et mémé est morte et ce n'est plus moi qui pédale à l'intérieur de moi.

– Il y a une nouvelle locataire chez Mesplier.

– Mignonne ?

Et Pierre de décrire par le menu la nouvelle venue. Il sait choisir les mots pour allumer la pupille gourmande de Pierrot. Un blason dans les règles, du sommet du crâne aux ongles des pieds. Avec des comparaisons alléchantes. Les boucles sauce à la rouille. La peau en crème fraîche. La nuque col de cygne à croquer. Les pommes au-dessus du plat du ventre. Évasée comme un flacon.
– Et de délicieux jambons !

– Regarde-moi cette bande de vieux cochons ! proteste Josiane.

Je ne dis rien. Tout en triant, je scénarise. J'imagine la belle chevelure rousse remontée en chignon, dont les accroche-cœurs serpenteraient dans le creux de la nuque. Elle attendrait le facteur sur le pas de la porte. Elle porterait une robe légère, courte et décolletée, qu'un souffle d'air chaud ferait bâiller par endroits. Je descendrais de la voiture et ses yeux verts s'allumeraient un bref instant, une seconde qui suffirait à révéler que ma présence est déjà une agréable surprise. Elle sourirait un peu. « Vous remplacez Pierre ? » « Oui, j'ai un recommandé. » « Ah, entrez donc. » J'essaie de planter le décor, un intérieur rustique et sombre, un antre de *fantasy* où elle se tient, légèrement frissonnante. Je pose le recommandé sur la longue table en chêne et pointe du doigt l'endroit où elle doit signer. Elle appuie un peu son épaule contre mon bras et se penche pour écrire, découvrant sa poitrine dont je devine tout. Lorsqu'elle se redresse, son visage est tout près du mien. Elle respire fort. Nous nous regardons, collés l'un contre l'autre. Je sens la fermeté de son ventre. Je la soulève et la pose sur le rebord de la table. Je me cale entre ses jambes en regardant ses cuisses s'ouvrir. Mon regard remonte le long de son ventre, de ses seins, de son cou et le visage de Mme Jourde est posé dessus, le menton secoué, comme sur un ressort. Je jette rapidement la lettre pour Mme Jourde dans la case et tente de reprendre mon scénario où je l'ai laissé. J'accélère, accumulant des images pornographiques fragmentées, je bâcle. Le nom de la vieille Mme de Vigne sur une autre enveloppe achève de me décourager. De toute façon, Pierre a raison. Ce n'est pas ma tournée.

Mme Houdin. Mme Houdin. Mme Houdin. J'ai martelé son nom à chaque tour de pédale. J'ai à nouveau une lettre, de son mari sans doute… J'ai tellement hâte de retrouver la petite venelle, avec ses nains, son rosier grimpant, le balcon et la belle dame, si charmante, qui m'avait offert une délicieuse citronnade.

Je m'approche enfin de la venelle. Elle y est bien, si étroite, mais quelque chose au bout me barre la vue. Je m'avance sans trop y croire : des ronces. La venelle est remplie de ronces et d'épines entrelacées. Je me bats avec le roncier, le pousse, le rabat, l'écrase, me griffe, me lacère, j'avance, le roncier est de plus en plus épais et, à travers les tiges entremêlées, j'aperçois un mur. Mais il n'y a pas de sentier, pas de rosier ni de balcon et aucune Mme Houdin ne pourra venir m'ouvrir la porte. Visiblement, seule la façade tient encore debout, en partie. Il n'y a plus ni porte ni fenêtre. Une grosse lézarde crève le mur. Orties. Fougères. Il n'y a plus rien. Je me pique le doigt à l'épine d'une ronce. Mes jambes cèdent. Je me retrouve assis en plein cœur du roncier qui se referme sur moi. Impossible d'avancer davantage. Pourtant… Pourtant… Ça n'a pas pu pousser si vite.

Je reviens sur mes pas. Je voudrais me retourner mais je n'ose pas… rentrer à la nuit, dans le chemin obscur… et courir pour échapper à ce qui me suit. Mais je ne cours pas. Je suis un adulte raisonnable. Je marche hors d'haleine et je suis terrifié. Au bout de la venelle, je tombe sur pépé Soldi et son horrible cabot qui grogne. Je suis couvert de griffures. Il reste là, planté devant moi, la mâchoire pendante. Enfin, il chuinte avec son accent italien (et je vois son énorme langue non sertie de chicots) :

– Écoutez, fattoré, vous javez vou qouechté chaussoures dé chport chour la poublitchité qué vous m'avez aménée hieri. Elles chont bellichimé, no ? Ma vous m'aidérez à remplir lé bon dé commande ? Ma voue diminoue et ch'est diffitchilé per l'écritoure.

Quelque chose m'apaise. Le cabot. Il lèche mon doigt. Le sang. Je retire prestement ma main.

– Bien sûr, monsieur Soldi. On s'en occupera demain, c'est promis. Il faut que je continue ma tournée.

Je remonte sur le vélo, sans lui remettre son courrier.

Comme un automate. Clarens, une lettre du Trésor public. Doit être une amende. Potier, un colis. Signoret, une carte postale de Barcelone et une lettre. J'ai vu un fantôme. Un fantôme. J'ai vu un fantôme. Un fantôme des années cinquante et je lui ai remis deux lettres.

Mme de Vigne m'accueille toujours en nuisette. La première fois, elle était vêtue d'une de ces blouses fleuries de grand-mère, prétendument pratiques, mais dont la seule véritable vocation est de cacher toute trace de féminité, d'annihiler le corps. Mme de Vigne s'était montrée très souriante et je ne m'étais douté de rien. Mais depuis ce jour, elle m'accueille systématiquement en déshabillé et ses sourires se font plus engageants. Elle m'a déjà plusieurs fois invité à entrer, pour boire un café, mais j'ai poliment décliné son offre. Seulement voilà, le problème, c'est que Mme de Vigne est la voisine de M. Jourde et qu'elle me voit tous les jours m'arrêter chez le vieux professeur de physique pour discuter. Je finirai donc bien par devoir accepter l'invitation de la vieille femme, et puisqu'il faudra y passer, autant que ce soit tout de suite.

Mme de Vigne habite une sorte de vieux manoir années vingt qui a tout du film d'horreur. De plus, aujourd'hui, il pleut des cordes, ce qui donne à la bicoque une allure victorienne des plus inquiétantes. C'est donc trempé jusqu'aux os que je passe le seuil de la porte, qui se referme derrière moi sans le grincement attendu, mais dont le bruit sourd et le tour de clé donné par Mme de Vigne me glacent un peu plus. Elle m'explique qu'elle ferme à clé à cause des colporteurs qui entrent toujours sans frapper et il me semble déceler dans sa voix de vieille femme quelque chose de lubrique au moment où elle prononce le mot « colporteur ». Elle passe devant moi, dans sa nuisette.

– Suivez-moi, suivez-moi.

Le squelette décharné dans son suaire trop court. J'observe malgré moi les vertèbres saillantes sous les mèches jaunies, les épaules voûtées, les bras mous et ridés, gris comme une peau d'éléphant, la spirale des coudes, les fesses plates que je devine par transparence, les mollets maigres, sans force. Elle me conduit d'un pas pressé à travers un corridor tortueux, ouvrant devant moi les portes vitrées à double battant. Nous parvenons enfin dans une petite cuisine dont la baie ouvre sur un clos, encombré d'arbres et de buissons, ruisselant sous la pluie.

– Vous êtes tout mouillé. Enlevez votre veste. Là, donnez, je vais vous l'étendre pour qu'elle sèche. Et votre pull aussi. Si, si, il est trempé. Allons, donnez, donnez. Voilà. Asseyez-vous, je vais nous chercher le café.

Je m'installe, frissonnant, les bras nus.

– Un café consolé, pour moi, si ça ne vous dérange pas. Un petit-bossu.

Mme de Vigne revient en se dandinant sur la pointe des pieds, aux ongles vernis. Elle a chaussé ses lunettes, ce qui accentue son aspect mamie et rend comique, par contraste, sa démarche de jeune fille aguicheuse. Je souris et parviens à me détendre un peu. Tout en posant le plateau sur la table, elle répond à mon sourire. Elle me tend une tasse remplie de ce que je reconnais à l'odeur comme une délicieuse prune mêlée au jus de chapeau, que je bascule d'un trait. Et elle se met aussitôt à parler, sans s'arrêter, d'une voix de plus en plus présente. Elle dit que c'est gentil à moi d'être entré. Qu'elle a soixante-dix-huit ans. Qu'à son âge, on se retrouve vite seul. Elle a perdu son mari… il y a cinq ans.

– Au début, mes enfants, j'en ai trois, venaient me voir, et puis, il faut les comprendre, ils ont autre chose à faire que de rendre visite à une vieille dame. Ça fait deux ans que je ne les ai plus vus. Alors, je m'occupe comme je peux. Je fais le ménage, le jardin, je lis. Et puis parfois, je reste assise sur cette chaise à regarder dehors, sans penser à rien. Ou alors au passé, mes enfants, mon mari. C'est le plus dur, quand on est vieux. On ne sert plus à rien. Toute ma vie, je me suis occupée des autres. Petite, j'étais l'aînée, alors je m'occupais de mes frères et sœurs. Et puis je me suis occupée de mes enfants. Et puis mes enfants ont grandi et ont quitté la maison, alors je me suis occupée de mes parents, qui étaient devenus vieux et sont venus vivre avec nous. Et puis mes parents sont morts et mon mari s'est retrouvé à la retraite, alors je me suis occupée de lui. Et puis il est mort à son tour, et je n'ai plus eu personne à m'occuper, que moi. Mais comment on s'occupe de soi, quand on s'est toujours occupé des autres ? Comment on s'occupe ? On se fait à manger, on se lave, on se regarde vieillir. On vit avec soi. Ça fait cinq ans que je vis avec moi. Je ne me supporte plus. Parfois, je me regarde nue dans le miroir de ma salle de bain. C'est fou ce que ça devient, un corps, quand c'est vieux. Je ne me reconnais même pas, dans ce reflet de moi. On dirait un corps d'animal. Le ventre prend toute la place. Il se pose là, plein de ce qu'il contient. Mes seins pendent sur les côtés, comme deux gourdes. Ma peau est détendue sur les os, couverte de taches et de rides. Mes coudes, mes genoux, mes clavicules sont énormes, on dirait que mon squelette veut reprendre le dessus sur mon corps. Je n'ai plus de fesses. Et mon sexe pend entre mes cuisses. Eh oui, c'est comme ça. Ça descend. Que voulez-vous ! Ça cherche à retourner à la terre, à nous précéder. Je ne vous choque pas, j'espère ? Vous savez, j'ai encore des désirs, malgré les rides. Mais je suppose que vous avez une petite copine. Oui, mignon comme vous êtes, vous devez même en avoir plusieurs. Profitez tant que vous êtes jeune. Le plus possible. Le secret, ce sont les oreilles. Il faut savoir écouter. Les garçons ont toujours tendance à se ruer sur ce qui leur paraît l'essentiel. Mais notre sexe est délicat. Il faut l'ouvrir lentement, pas le forcer d'un coup. Je vais vous donner un bon conseil, un conseil de femme. Écoutez. Il y a toujours un soupir qui vous dit quand nous sommes prêtes. C'est ce soupir qu'il faut guetter. Il peut y en avoir d'autres avant, mais celui-là, si vous êtes attentif, vous le reconnaîtrez. Il n'est pas une respiration, ni un petit cri. Il échappe. Il sort de lui-même et la voix ne se reconnaît pas. C'est comme un son venu de derrière le corps, de plus profond, un soupir étranger. Nous le sentons, nous, s'approcher, monter lentement, prendre place en nous et nous ouvrir. Et puis un jour, c'est fini, on se souvient d'avoir soupiré ainsi, mais on ne sait plus ce que c'est que ce soupir. On se ferme. Le corps n'a plus de centre et ne se manifeste plus que dans des petites douleurs, pointues ou lancinantes, qui s'installent, ne nous quittent plus. On oublie le corps de l'autre aussi, vous savez. Le contact. On peut s'en faire une image, mais la sensation s'efface elle aussi. Tout s'efface. À force d'être seule, j'en viens même à perdre la conscience de moi-même. Parfois, je suis assise sur la chaise et je reviens à moi et je me rends compte que cela fait une heure que je suis parfaitement vide, pas absente, pas ailleurs, non, inexistante. C'est effrayant, vous savez, de ne plus être au monde et puis d'y revenir. Je suppose que c'est ainsi que la mort vient se manifester, prévenir lentement de son arrivée. Prendre possession. Je vous dis cela à vous qui êtes jeune et vous ne devez pas comprendre, mais vous verrez, vous verrez. Un jour, vous vous lèverez et vous sentirez que la mort s'approche, que vous n'êtes plus là pour très longtemps et cette idée de la mort, elle s'installe, partout, tout le temps. Vous mangez et vous savez que bientôt vous ne croquerez plus dans rien, que ces dents demeureront ouvertes sur le vide. Chaque geste se remplit de la mort, ouvrir les fenêtres, sentir le plancher sous ses pieds, passer un gant mouillé sous ses aisselles. Tout sent le caveau. Finalement, c'est ça la vie. On court après les autres, on se sent vivre à travers eux et puis, quand on n'a plus que soi, on attend que cela se termine. J'ai songé au suicide, bien sûr. Et pourquoi pas ? Qu'est-ce qui me retient ? Je fais le jardin, mais le jardin ne me touche plus, il n'est rempli de rien, sinon de souvenirs froids. Je mange, je bois, je touche des objets. Tout cela ne sert à rien ! Ne dit rien ! Mais voilà, je ne parviens pas à m'y résoudre. Je ne trouve pas le courage, la force. Je ne…

La voix de Mme de Vigne se brise et elle se met à hoqueter, le visage enfoui dans ses mains crochues et ridées. Je reste assis, sans savoir quoi faire. Et puis elle ouvre ses mains, elle retire ses lunettes, se frotte les yeux, écarte une mèche de ses cheveux jaunis qu'elle rabat derrière l'oreille et me sourit tristement. Et c'est là que ça me frappe. Tandis qu'elle sourit et que ses yeux me fixent avec une douceur merveilleuse. Un instant, les rides s'estompent, et je vois le visage de la jeune fille qu'elle a été s'ouvrir, se superposer sur celui de la vieille femme, et je vois la beauté de cette femme, le front haut, l'ovale du visage, l'intelligence du regard, le cou long et droit, la grâce des mouvements, l'élégance de ce déshabillé simple, nullement arrogant, mais qui se pose avec naturel sur le corps fin, plein de la dignité des ruines devant le passage du temps. Je me lève, je lui saisis les mains et l'aide à se lever. Et je la prends dans mes bras. Je sens son squelette contre moi, ses omoplates saillantes sous mes avant-bras, ses côtes dans mes mains et les os de ses hanches contre mes cuisses. Elle se remet à pleurer en répétant :

– Oh si vous saviez. Si vous saviez. Oh si vous saviez.

Je ne trouve rien à dire. Lorsque je quitte Mme de Vigne, il ne pleut plus et elle ne referme pas la porte à clé derrière moi.

– Dis donc, t'es en retard. Tiens, bois un coup.

– Ah ! Euh… oui. Je me suis arrêté chez Mme de Vigne.

– La vieille de Vigne ? Celle qui te drague ? Alors ? C'était bien ?

– Elle m'a juste offert une gnôle. Et puis elle s'est mise à causer de la mort, de suicide, et puis elle m'a pleuré dans les bras. Je te raconte pas !

– Tiens ! C'est marrant que tu parles de ça, figure-toi que ma mère est à l'hôpital, un cancer généralisé. Ils disent qu'elle en a pour une semaine tout au plus.

– Merde ! Je… Tu l'as su quand ?

– Hier. Mon père est venu me chercher et on est allés ensemble la voir à l'hosto. J'avais goûté les tomates. J'étais *stone* complet. C'était très bizarre.

– Tu as goûté les tomates ? Mais tu avais dit… Ta mère, comment elle va ?

– Ben, pas bien, tu penses !

– Oui… Et ton père, il prend ça comment ?

– Pas bien non plus.

Et puis il y a un silence. Un long silence. Qu'est-ce que je peux bien dire ? Je regarde Jean. Il a les yeux dans le vide. Il semble attendre. Qu'est-ce que je peux dire ? C'est mon ami, mais dans cet instant présent, je ne ressens aucune compassion, aucune tristesse, même pas de la curiosité. Non. De l'embarras, c'est tout. Je préférerais être ailleurs. Je préférerais qu'il ne m'ait rien dit. C'est toujours pareil. Quand quelqu'un qui m'est proche côtoie la mort, c'est comme s'il devenait tout terne. Moi, je n'ai jamais perdu quelqu'un de cher, je ne sais pas ce que c'est, mais j'ai l'impression que les morts emmènent un peu ceux qui restent avec eux, qu'ils les font basculer dans une terre étrangère, étrangère pour moi, et où je n'ai aucune envie de me rendre. Et c'est exactement ce qui est en train de se passer. Je regarde Jean et je le vois s'effacer, devenir quelqu'un d'autre, quelqu'un que je ne connais pas, à qui je n'ai rien à dire. Et puis, à quoi ça servirait ? Je ne vais pas le réconforter, je n'ai aucune idée sur la mort, sur le chagrin, je n'y connais rien ! Tout ce que l'on peut dire dans ces cas-là est parfaitement nul, hypocrite, et Jean n'est pas le genre d'ami à qui l'on peut débiter des banalités. C'est un artiste. Il attend de moi quelque chose de juste, quelque chose de profond, quelque chose de vrai. Je ne vois rien de juste, ni de profond, ni de vrai dans le fait que sa mère soit à l'hôpital en train de crever dans des souffrances inimaginables pour moi. Et pourtant, si je ne brise pas ce silence rapidement, j'ai l'impression qu'il va s'installer pour toujours, que je ne pourrai plus jamais atteindre Jean, qu'il sera définitivement hors de portée. Il n'est déjà plus qu'une silhouette, à l'autre bout de la table. Il va disparaître. Parle !

– Comment c'était ?

– Hein ? Quoi ?

– Les tomates. La *Red Grass*. Comment c'était ?

Jean sourit et je vois dans son sourire qu'il a compris. Il y a comme une certaine pitié dans ce sourire, comme s'il me disait : mon pauvre ami, tu ignores tout, tu ne peux te rendre où je me suis rendu, tu n'as pas ce privilège qui fait de nous autres, les endeuillés, des entités ténébreuses, des brouillards épais, des abîmes d'humanité, des êtres romanesques pleins d'une connaissance qui vous échappe, à vous, les vivants. Tant que tu ne sauras pas, tant que tu ne te seras pas rempli de la perte de quelqu'un, tu ne seras qu'une enveloppe vide, une représentation, une simple image, tu ne seras ni juste, ni profond, ni vrai. Et, dans un élan de bonté, avec un regard suintant de compassion, Jean condescend à me répondre :

– C'était raide.

Et, coup bas, il ajoute dans un murmure, comme s'il se cabrait soudain, pour me jeter à terre et repartir au galop, superbe, vers les prairies noires où, de nous deux, lui seul est admis :

– Comme maman, bientôt.

Je suis désarçonné. Je réponds, piteux :

– Je suis désolé.

Il me regarde, triomphant, les yeux dans les yeux, définitivement hors d'atteinte :

– Tu n'y es pour rien. Allez. Je te raccompagne. Tu es déjà suffisamment en retard, n'est-ce pas ?

Cette fois, je ne réponds pas. Je me lève. Je ne lui serre pas la main. Je monte sur mon vélo et je m'éloigne. Je suis vexé. Jean referme la porte. Direction, la serre. Il arrache une tomate et la croque, une bien grosse, bien juteuse, une qui va l'exploser pour de bon.

Je glisse le courrier dans la boîte de Mme de Vigne et, pour une raison indéterminée, je rouvre la boîte, je me dirige vers la porte et je m'apprête à sonner. J'ai beaucoup repensé à notre conversation. Comment elle m'a parlé de la mort. Comment je me suis senti concerné, touché par ce qu'elle me disait. Comment cette femme est parvenue à m'émouvoir, alors que je n'ai pas su quoi dire à Jean concernant la maladie de sa mère. J'ai envie de l'entendre parler encore. J'ai envie qu'elle m'explique, comment c'est là-bas, qu'elle me montre encore une fois, que je comprenne enfin. La porte est entrouverte. Je sonne. J'attends. J'appelle. Je pousse la porte. J'entre.

– Madame de Vigne ! C'est le facteur !

J'avance dans le corridor. Toutes les portes à double battant sont grandes ouvertes. J'avance.

– Je vous apporte votre courrier ! Madame de Vigne ?

Je parviens dans la petite cuisine. Mme de Vigne est allongée par terre. Elle porte son habituelle nuisette, retroussée au-dessus des cuisses. Les deux pieds sont tournés vers l'intérieur, les jambes forment un V à partir des genoux mais les cuisses sont serrées. La nuisette, relevée, dévoile une gaine couleur chair, une gaine élégamment brocardée sur le côté, des petites fleurs dorées en relief sur le tissu couleur chair qui rend par contraste la teinte blafarde des cuisses comme de la cire, deux cierges tordus à moitié, un mystérieux Y qui prend sa source dans un écrin de soie, sous la nuisette rabattue. Au niveau du ventre, la gaine se termine par un petit ourlet rose, ravissant. Le ventre est plat, creusé même en son centre, et rebondi seulement vers le bas, une bosse tendue, comme si la vessie était pleine, prête à exploser. Les côtes saillantes dessinent une sorte de xylophone macabre, sur lequel on a envie de frapper avec un petit marteau pour les faire retentir dans le silence de cette cuisine, et jouer frénétiquement la *Toccata et fugue en ré mineur*, en faisant bien rebondir les notes. Je m'approche. Les dernières côtes plongent en remontant, dans un léger arc de cercle, sous la nuisette retroussée, les seins sont épargnés au regard. À leur place, il y a le labyrinthe des plis du tissu, que l'œil suit, glissant sur les monticules étirés, plongeant dans les profondeurs ombreuses, prenant sur l'aile les virages en épingle, qui zigzaguent, se plient, se replient, comme un intestin, tout un paysage de canyons, dans lequel on imagine une quelconque cavalerie, avançant sans se méfier, tandis que sur les hauteurs, invisibles d'en bas, les Indiens guettent sur leurs appaloosas, avec leurs masques de terre, et on remonte jusqu'à la gorge, à la croisée des clavicules, l'incisure jugulaire du sternum, comme une petite vasque, où brille une eau rougie, et on remonte encore le long de la fine couche de peau qui recouvre le cartilage cricoïde, et c'est là que le regard est arrêté par une ligne horizontale, une mèche de cheveux barre la gorge, des cheveux blancs, légèrement jaunis, collés à la fente, et maculés de rouge, à l'endroit où ils plongent dans l'entaille béante, comme une bête venue se gorger de l'épais liquide qui macule la gorge, le trapèze gauche, l'épaule, il y a des petites gouttes qui mouchettent le tissu au niveau de la poitrine et un des boyaux du canyon en est rempli, il stagne, là, dans un des virages, figé ; quelques taches, encore, empourprent les fleurs du côté gauche de la gaine et un léger filet s'étire le long de la cuisse, pour se terminer par une goutte plus épaisse, une petite bosse luisante. Je m'approche encore. J'aperçois maintenant, sous les mèches folles de la chevelure, répandues en désordre sur la tête tournée vers la gauche, le visage de la vieille femme. Serein. Aucune grimace de souffrance ne le déforme. Il n'exprime rien. Il ne répond à aucune interrogation. Il reste une froide énigme au regard. La peau des joues est légèrement affaissée, et forme un creux désagréable en collant à la mâchoire, un creux qui révèle que ce visage, si normal, si tranquille, n'en est déjà plus un. Je m'approche encore, et, en prenant garde de ne pas marcher dans la mare de sang qui auréole le corps, je le contourne pour faire face. Un seul œil est visible, l'autre est appuyé contre le sol. Un énorme bigaro, qui scrute sous le buffet, comme s'il cherchait à distinguer quelque chose là-dessous. Je me penche et je regarde à mon tour. Il n'y a rien sous le buffet, rien que le carrelage qui rejoint la plinthe et le départ du mur. C'est très propre sous le buffet, aucune poussière, aucune toile d'araignée. Il n'y a rien sous le buffet, mais je reste là, à scruter moi aussi, le regard tourné dans la même direction que celui du cadavre, parce que je me dis que c'est la dernière chose qu'elle a regardée, que ce carrelage immaculé, cette plinthe, ce mur sont le dernier horizon de toute une vie et que c'est ce à quoi ressemble la mort : il n'y a rien derrière le mur. Je me relève, je retraverse le corridor en laissant tout ouvert, je passe la porte que je ne referme pas, je monte sur mon vélo et je prends, chose rare, ma tournée à rebours pour revenir chez M. Jourde.

M. Jourde m'ouvre la porte.

– Qu'est-ce qui vous arrive, mon vieux ?

Il me fait entrer. Je le suis. Nous nous asseyons.

– Vous voulez boire quelque chose ?

Je fais signe de la tête que non. Il n'insiste pas. Il me regarde. Il attend. Et moi, je reste muet. Je ne sais pas comment lui dire que sa voisine est étendue dans sa cuisine, avec du sang dans le canyon, une mare de sang dans laquelle s'enlise la cavalerie, les chevaux qui lèvent la patte, la patte qui dessine un cercle en l'air et s'immobilise, le sabot retenu par un épais filet rouge. Ma langue est comme un caillou dans ma bouche. Un gros caillou bien lourd et bien sec. Dans un effort surhumain, je parviens à dire :

– Mme de Jourde, elle a les jambes en Y.

Il me regarde, il ne comprend pas.

– Qu'est-ce que vous me racontez ? Qu'est-ce qui se passe ?

– Mme de Jourde est morte. On lui a tranché la gorge, dans sa cuisine. Elle est là, à côté, étendue par terre.

Mme Jourde apparaît. Elle aussi me regarde, debout, les bras ballants. Je corrige :

– Non. C'est Mme de Vigne.

M. Jourde regarde sa femme d'un air interrogatif. Elle s'approche de moi et pose sa main sur mon avant-bras.

– On vous écoute. Expliquez-nous ça calmement.

Et je raconte comment je suis entré, comment j'ai avancé dans le corridor et comment j'ai trouvé Mme de Vigne étalée dans une mare de sang, la gorge déchiquetée.

– Elle y est toujours ? En ce moment ?

Je fais signe que oui. Mme Jourde me sert une eau-de-vie, qui me brûle la gorge. M. Jourde prend son téléphone et parle à la police. Je suis vide. Parfaitement vide. Vide et sec. Il se tourne vers moi.

– Ils nous demandent de les attendre devant chez la victime… enfin, devant chez Mme de Vigne. Ils demandent que vous ne bougiez surtout pas. Ils veulent vous interroger. J'appelle le bureau de poste pour les prévenir que vous ne terminerez pas la tournée. Je pense que quelqu'un viendra vous remplacer.

À chaque mot, j'opine du chef. Je me laisse guider. M. Jourde s'occupe de tout. J'ai l'impression d'avoir cinq ans et de tenir la main de mon papa, avec cette sensation que je n'ai à décider de rien, qu'il sait où l'on va, que je n'ai qu'à suivre, en toute confiance. Finalement, je me sens bien. Je reprends une eau-de-vie.

Nous avons attendu une heure. Quelques voisins nous ont rejoints. J'ai dû réexpliquer la scène plusieurs fois. À chaque fois, elle a perdu un peu plus de sa réalité, comme la rose de Mallarmé. Dans mon dos, dans la maison, dans la cuisine, sur le sol, gît quelque chose que je sais ne plus être là et qui pourtant s'y trouve et m'indiffère. Deux voitures de police arrivent. Huit hommes en descendent. Ils ne sont pas en uniforme. Ils se dirigent vers nous, avec des visages graves, des visages durs. L'un d'entre eux, un grand type large avec une fine moustache à la Errol Flynn, m'interpelle. Les voisins s'amassent. Ils font cercle autour de nous. Ils sont nombreux désormais. Ils se hissent sur la pointe des pieds pour mieux me voir. Ils me scrutent avec un air de désapprobation. Ils m'observent en coin, comme si j'avais fait quelque chose de mal. J'entends leur murmure. Errol Flynn dit :

– C'est bien vous qui avez trouvé le corps ?

Il me demande l'heure exacte. Il me demande pourquoi je suis entré dans la maison. J'explique confusément que je voulais voir Mme de Vigne, pour parler avec elle.

– De quoi vouliez-vous parler ?

Il me saisit doucement les poignets et me regarde les mains. Il n'y a pas de sang. Je réponds que la mère de mon ami Jean est mourante, que c'est de cela que je voulais discuter avec Mme de Vigne parce qu'elle m'avait parlé de la mort la semaine dernière et que moi, je n'y comprends rien. Il me lâche les mains et a un léger mouvement de recul. Il plante ses yeux dans les miens. Et là, ça y est. Je le sentais monter depuis un moment, et maintenant c'est là. Je détourne les yeux. Je suis coupable. J'ai fait quelque chose que je n'aurais pas dû faire. Je sens le rouge me monter aux joues. Mon cœur se met à battre plus fort. J'entends le murmure de la foule s'intensifier.

– Veuillez me suivre, monsieur, nous allons pénétrer à l'intérieur.

Comme un seul homme, les policiers m'encadrent et nous avançons vers la maison. Je me retourne vers M. Jourde. Il m'accompagne d'un regard bienveillant. Je voudrais qu'il vienne avec moi. Je voudrais que mon père soit là. Je me sens comme un condamné, au milieu de ces hommes fermés. Nous passons à travers les portes battantes du long corridor et nous parvenons à la cuisine. Le corps est toujours là, étendu dans la même position. Je n'en reviens pas. J'aurais juré qu'il ne s'y trouverait plus et il me frappe de toute sa réalité. Rappelez-vous l'objet que nous vîmes, mon âme. Je sens le sol se dérober sous mes pieds. Ce beau matin d'été si doux. Comme un ascenseur qui descend à toute vitesse vers les abîmes.

Quand je reviens à moi, je suis allongé par terre. Un des policiers me contemple de toute sa hauteur. Je m'assieds et m'aperçois qu'il y a beaucoup plus de monde maintenant dans la pièce. Quelqu'un prend des photos. Deux types en blouse blanche ferment un gros sac noir. Je comprends que Mme de Vigne est à l'intérieur. Le policier qui m'a interrogé se penche vers moi et, de son air glacial, il me dit :

– Vous pouvez disposer, jeune homme. Nous n'avons plus besoin de vos services.

Et il ajoute, sans broncher :

– Vous nous avez été très utile.

Celui qui est à côté de lui étouffe un rire. Et un léger sourire traverse rapidement le visage d'Errol Flynn. Je n'en reviens pas. Ils sont en train de se foutre de moi ! Sous prétexte que je me suis évanoui, eux, les vrais mâles, les durs de dur, eux à qui la vue de la mort et du sang ne fait ni chaud ni froid, ils regardent le pauvre mortel effrayé par un cadavre, qui tourne de l'œil à la vue d'une simple gorge tranchée dans le vif, avec sa pelote de petits fils rouges à l'intérieur et la peau qui moutonne le long de la plaie, et ils se marrent ! Je me lève, offusqué, et sans prendre la peine de serrer la main qu'on me tend, je quitte la pièce en claquant une à une derrière moi toutes les doubles portes battantes, jusqu'à la porte d'entrée. Au détour d'un sentier, une charogne infâme. Vlan ! L'absente de tout bouquet.

Ce ne sera une surprise pour personne, mais j'ai mal dormi. L'image de Mme de Vigne m'a poursuivi toute la nuit. Je dors toujours sur le côté, mais là, impossible. À chaque fois, j'avais l'impression que le visage de la macchabée me faisait face, tourné dans ma direction, avec son bigaro vitreux qui me fixait. Alors je me suis mis sur le dos. Mais aussitôt, j'ai revu la position de son corps sur le dos. Et puis mon cerveau s'amusait à des jeux macabres. Je me disais : et si je me mettais dans la même position, avec les jambes en Y ? Et je le faisais, un moment. Et ça me glaçait et je me rendais compte que le jeu n'était pas amusant du tout. Maudit cerveau ! Bref, j'ai fini par m'endormir sur le ventre, mais sur le ventre, je dors mal. Ça m'ankylose toujours quelque part. Alors, dans un demi-sommeil, je me remettais sur le côté et là, pan ! Le bigaro. Et j'ai recommencé comme ça jusqu'au petit matin, sur le côté, sur le dos, sur le ventre, sur le côté, sur le dos, sur le ventre, le côté, le dos, le ventre, côté, dos, ventre… Bigaro… Cerveau… Ankylose… Et quand je suis arrivé au bureau, il a fallu tout raconter, encore une fois, par le menu et dans le détail. Les questions fusaient. Pierrot voulait savoir si le corps était encore chaud quand je suis arrivé. « Non mais ça va pas ! Tu crois que je l'ai touché ? » « Dans *Les Experts* », il m'a répondu avec l'air d'en être un, « ils vérifient toujours si le corps est encore chaud. C'est pour voir si le crime remonte à longtemps. » Et puis ensuite, il m'a demandé s'il y avait des empreintes de pas… « tu sais ?… des empreintes ensanglantées ! Souvent, le meurtrier marche dans le sang de sa victime, et il laisse des empreintes de semelles. Ensuite, on retrouve la marque des chaussures, le magasin du coin qui en vend, la liste des clients qui en ont acheté récemment. On vérifie alors les chaussures de tout le monde et celui qui a du sang sur les semelles, bingo ! "On t'a retrouvée, Cendrillon !" » Mais non, il n'y avait pas d'empreintes de pied ; du moins, je n'en ai pas vu. Enfin, je ne sais plus. Je n'ai pas fait attention.

Josiane, elle, c'était la plaie qui l'intéressait. Elle voulait savoir comment c'était. Elle n'en avait jamais vu. Ça devait être quelque chose ! Et elle m'interrogeait, l'œil avide et la lèvre rouge, sur la largeur, la longueur, la profondeur. « Et on voyait les cordes vocales ? Qu'est-ce qu'on voit ? Qu'est-ce que tu as vu ? Il y avait beaucoup de sang ? Rouge ? Noir ? Ça colle ? C'était sec ? Tu t'en es mis dessus ? Et les os du cou, on les voyait, les os du cou ? Et la bouche, elle était ouverte ou fermée ? Est-ce que la langue sortait ? Ça devait être quelque chose, tout de même. » Pierre, lui seul, ne disait rien. Et puis tout à coup, il a lâché :

– Dis donc, je pense à quelque chose, tout ce sang, là, ça fait une belle vendange !

Tout le monde s'est tu.

– Vous avez compris ? Vous avez compris ? Hein ? Hein ?

Et évidemment, c'est Pierrot qui a répondu :

– Aaaaaah ! Oui. Rapport à Mme de Vigne. Hé ! Les gars ! Josie ! T'as compris ? De Vigne ! Vendange ! La vigne ! Oooooooh ! Ex-ce-llent ! T'as compris ? T'as compris ?

Et ils sont tous les trois partis d'un grand rire.

Maintenant, je pédale. La côte est raide ce matin. Comme Mme de Vigne. Comme la mère de Jean, bientôt. Je les sens, dans mon dos. J'entends leur souffle rauque. Mme de Vigne, en nuisette et en danseuse, avec sa tête qui bascule en arrière à chaque coup de pédale, comme si elle allait se détacher, la plaie qui s'ouvre et se referme comme pour happer l'air. Et la maman de Jean, à ses côtés, en chemise de nuit d'hôpital, avec les boutons dans le dos, avec des tuyaux dans le nez et dans les bras qui fouettent l'air derrière elle. J'accélère pour les distancer. Et tout à coup, je sursaute sur mon vélo. L'une d'entre elles est en train de me doubler par la gauche. J'entends son souffle qui monte, qui monte, sur ma gauche. Je fais un écart. Je roule sur le bas-côté. Le vélo est secoué dans tous les sens. Je manque de me casser la figure. C'est un cycliste. Cuissard moulant, maillot moulant, lunettes noires aérodynamiques et casque profilé. Il crie : « Attention ! » Et il passe devant moi. À toute vitesse. Comme un TGV. Je vois ses mollets saillants. Affûté comme un lapin de garenne. Je prends sa roue. Je m'accroche dans son sillage. Et là, je sens bien qu'il accélère, imperceptiblement, il appuie un peu plus. Il cherche à me distancer. Je m'accroche, malgré le poids des lettres, je relève le défi, les yeux rivés à sa roue. Ne pas lâcher. Ne pas lâcher. Il accélère encore un peu. Moi aussi. Et puis, après quelques minutes, je le sens qui faiblit. Ha ! Ha ! Mon gaillard ! Je déborde sur la gauche et c'est à mon tour de le doubler. Il me regarde du coin de l'œil. Il grimace. Moi, je souffle comme un bœuf. Je m'arc-boute, je donne un coup de rein et rhan ! je le passe. Les lettres valdinguent dans la sacoche. À gauche. À droite. Les colis se heurtent et ça fait un boucan de tous les diables. Il est dans ma roue à présent. J'accélère encore. Je donne tout ce que j'ai. Je sais que la côte se termine dans cinq cents mètres environ et que je devrai ensuite m'arrêter pour déposer un recommandé chez M. Barthélemy. Si je ne veux pas perdre la face et lui permettre de me doubler de nouveau au moment où je vais ralentir, je dois le distancer. Lui mettre cinquante bons mètres dans la vue, ce serait parfait. J'appuie de toutes mes forces sur les pédales. J'entends son souffle derrière moi. Il suce ma roue, l'enfoiré. J'accélère encore, encore. J'ai trouvé la juste cadence. Je me sens léger, rapide. Gauche. Droite. Il souffle de plus en plus fort derrière moi. Avec son cuissard ridicule. Tu vas voir ce que tu vas voir ! Je tape un sprint maintenant, en pleine côte. Le sang me bat aux tempes. Je vais exploser. Mais non, je dois tenir. Plus que deux cents mètres. Et je sens son souffle s'éloigner doucement. Il a décroché. Je le tiens ! J'accélère. Cent mètres. Je souris malgré moi. Des vagues d'adrénaline m'électrisent les cuisses. Je ne l'entends plus. Arrivé en haut, avant de m'arrêter, je me retourne. Il est planté, plusieurs dizaines de mètres derrière moi. Il n'avance plus. J'ai largement le temps de poser pied à terre. Je descends du vélo et je me mets sur le bord de la route pour le regarder passer. Tout sourire. Lorsqu'il arrive à ma hauteur, il lâche, dans un souffle : « Connard ! » Et moi, victorieux, je tends le bras et je lui fais un magnifique doigt d'honneur. Je reste là, le bras tendu, tandis qu'il s'éloigne. Et j'entends derrière moi :

– Eh bien, eh bien, facteur, qu'est-ce que c'est que ça ?

C'est M. Barthélemy. Je baisse subitement le bras, pris en faute.

– Ha. Heu… Bonjour, monsieur. C'est… Heu… Nous avons fait la course et je l'ai battu à plate couture. Alors… comment dire. C'est un petit geste de victoire, voyez-vous ?

Je souris. Mais M. Barthélemy ne sourit pas. Il se tient bien droit, avec sa chemise à carreaux boutonnée jusqu'au col que recouvre un foulard en soie mauve et sa canne à la main. On dirait un vieil aristocrate, fin de race. À ses pieds, Bambi grogne et fouille la terre, l'œil furieux.

– N'ayez pas peur, elle n'est pas méchante.

Je lui tends son recommandé et un stylo et je retire la main vite fait parce que la douce Bambi se jette sur la grille des quatre pattes. Avant de me rendre mon stylo et le recommandé, M. Barthélemy demande :

– Alors ? Il paraît que c'est vous qui avez retrouvé le corps de Mme de Vigne ?

Et il me fixe avec un air soupçonneux. Je vois même se dessiner une moue de dégoût sur son noble visage. Je reprends mon stylo et le recommandé. Je détache l'avis de réception et, avant de lui rendre la lettre, je lâche :

– Vous savez, monsieur Barthélemy, Bambi, c'est un nom de mâle. C'est un cerf, pas une biche.

Il reprend sa lettre : « N'importe quoi ! », sur un ton rageur. Bambi aboie de plus belle. M. Barthélemy se rabat délicatement une mèche de cheveux derrière l'oreille, lève les yeux au ciel en lançant un « Tsss tsss ! » dédaigneux, tourne élégamment les talons et s'éloigne de sa démarche de petit marquis, battant l'air de sa canne. Et dans son dos, je salue le baron de Charlus d'une profonde révérence.

La tournée se termine par un lotissement. C'est curieux, les lotissements. Toutes ces maisons identiques, recouvertes d'un crépi identique, avec leurs carrés d'herbe identiques entourés par les mêmes haies en thuyas, les mêmes grillages et le même portail électrique, le garage avec les gravillons devant pour pouvoir garer la voiture de madame, la piscine avec sa statue de femme aux seins nus en pierre, un olivier pour faire méditerranéen, une antenne satellite sur chaque toit, des volets roulants en PVC, pour bien fermer, bien se barricader : chacun sa télé, chacun sa piscine, chacun sa tondeuse. Chacun pour soi et le câble pour tous !

Mme Pertuis habite tout en haut du lotissement, qui grimpe le long d'un petit mamelon. Au sommet de la création. Elle a douze enfants, douze garçons. À peine a-t-elle décoffré qu'elle est de nouveau grosse. Une génisse. Blonde d'Aquitaine. Et un mâle à chaque fois. Paradoxalement, cette déesse de la fertilité ne dégage aucune espèce de féminité. Elle porte toujours des blouses à fleurs de grand-mère et ses cheveux blonds sont coupés à ras, au-dessus d'un visage d'hommasse sans caractère. Son mari est catholique, type frère de l'observance. Elle aussi, évidemment, mais elle subit davantage la règle qu'elle ne la décide. Il est commercial, dans les cosmétiques, les saintes huiles. Par conséquent, il n'est jamais à la maison, toujours sur les routes. Mais quand il rentre de croisade, il a bien mérité le repos du guerrier et ça se passe en dessous du cilice. Aussi Mme Pertuis doit-elle encaisser les assauts réguliers du mari, sans contraception. Car la fornication n'est admise que dans le but de la procréation. *Crescite et multiplicamini et implete terram.*

Les douze fils de Mme Pertuis sont toujours dehors, quel que soit le temps, en short et T-shirt, et les pieds nus. Douze petits sauvages. Avant de leur donner le courrier, j'aime bien me cacher derrière le portail de l'entrée et les observer. Il y a quelque chose de fascinant dans l'activité grouillante de ces lutins blonds. Aujourd'hui, particulièrement. Leur foisonnement m'arrache à l'atmosphère funeste dans laquelle j'ai baigné ces dernières heures. Ils sont groupés, en cercle, autour de quelque chose que je ne parviens pas à voir. De temps en temps, l'un d'entre eux quitte le cercle en courant, se baisse, ramasse quelque chose dans l'herbe et revient en le tenant entre ses mains. Il est amalgamé au groupe et un autre repart, ou peut-être est-ce le même. Ainsi disposés, à intervalles réguliers, ils forment un cadran horaire, un cadran sans aiguille. À chaque extraction de l'un d'entre eux, c'est un peu de temps qui s'échappe dans le vide. Il y en a un qui tient un arrosoir et verse de l'eau sur le sol. Soudain, comme s'il avait senti ma présence, il se tourne dans ma direction et vient en courant et en criant : « Le facteur ! Le facteur ! » Les autres le suivent en se bousculant et en riant. Ils ouvrent la grille et sautent sur place, autour de moi, excités comme des puces. « Le facteur ! Le facteur ! Il est revenu ! » Oui, je reviens. Je leur demande à quoi ils jouent et ils m'expliquent tous ensemble, dans un joyeux désordre, qu'ils jouent au Déluge, avec des gendarmes.

– On les a mis dans un bateau de Playmobil !

– Et on a fait un trou qu'on a rempli d'eau pour faire la mer !

– Et moi, je les arrose pour faire le déluge.

– Viens voir ! Viens voir !

Ils me conduisent à leur trou rempli d'eau. Dessus flotte une petite barque en plastique sur laquelle s'affairent des pyrrhocores. Leurs cuticules rouge et noir forment des masques de diables africains qui vous regardent. Il y en a partout. Ils se heurtent, se marchent dessus, certains s'accouplent sans pudeur. Une légion de démons en expédition pour envahir la Terre. Les douze tournent leurs visages vers moi, tout sourire, attendant mon jugement. Je m'accroupis et je souffle doucement sur l'eau. La surface s'agite et les eaux grossissent, et l'arche est élevée au-dessus de la terre. Pierre se remet à arroser. Quelques démons passent par-dessus bord et tentent désespérément de nager vers la rive ou de remonter sur l'arche. Je souffle de nouveau et, cette fois, la barque se renverse. « Oh ! Pardon les enfants… J'ai soufflé un peu trop fort. » Tous s'accroupissent à leur tour, joignant leurs petites têtes blondes, et observent avec délectation la débâcle. Ils repoussent soigneusement à l'eau ceux qui parviennent à nager jusqu'au bord.

Mme Pertuis apparaît sur le seuil de la porte. Elle caresse son ventre rond d'une main et me regarde d'un air farouche. Je donne mes lettres à l'un d'entre eux : « Tiens, porte ça à ta mère. » Et il s'exécute en courant. Sa mère le remercie. Et puis elle me propose un verre.

À l'intérieur, c'est vertigineux. Partout sur les murs, sur les meubles, il y a des centaines de petits visages blonds identiques, chacun dans son cadre, démultipliés à l'infini. Mme Pertuis s'assoit sur le canapé du salon, la bouteille de blanc doux devant elle, et me montre le fauteuil. Je m'assieds à mon tour. Elle verse. Elle est là, silencieuse et triste, vautrée dans son canapé comme une odalisque éléphante, cernée par la reproduction monstrueuse de sa progéniture. J'entends un bruit à la fenêtre. Les douze ont collé leurs minois contre la vitre pour nous observer et frottent le verre pour effacer la buée que forment leurs haleines réunies.

Mme Pertuis saisit une lettre et me dit :

– Vous savez ce que c'est, ça ? C'est les papiers du divorce. Mon mari me quitte. Il s'est trouvé une minette sur une de ses tournées. Elle est enceinte.

Et elle me montre du doigt la fenêtre.

– Je n'ai plus qu'eux maintenant. Et le petit dernier, qui pousse là. Peut-être une fille cette fois. Ce serait bien. Pour finir.

Elle se lève, se dirige vers un secrétaire, ouvre un tiroir et en sort une grande enveloppe blanche.

– Tenez, regardez. C'est la dernière échographie. Ils disent qu'on arrive pas à voir le sexe. Qu'est-ce que vous en dites ?

Et elle brandit la photographie de ce qu'elle a dans le ventre. Elle la tient à la lumière, pour que je voie mieux, les bras tendus, comme une offrande. Un holocauste. Ferait mieux d'y foutre le feu, oui ! je me dis. Et j'observe à ses côtés, sentant remonter dans mes narines les effluves aigres de ses aisselles, l'horrible créature recroquevillée, comme un alien, avec son énorme crâne et son petit museau. Je pointe du doigt :

– Là, on dirait bien une quéquette quand même, non ?

Mme Jourde pénètre dans la pièce et pose violemment deux verres sur la table. Pan ! Pan ! Et la bouteille. Pan ! Puis elle quitte la pièce sans prononcer un mot.

– Qu'est-ce qu'elle a ? je demande.

– Oh. Elle est un peu fâchée. Je ne sais pas trop. Après la mort de Mme de Vigne, j'ai un peu pleuré. Sans savoir pourquoi. Ça m'a ému. Voilà tout. Et elle, elle s'est imaginé des choses. Elle m'a fait une scène. M'a demandé si je couchais avec elle. Si j'étais amoureux d'elle. De la vieille Mme de Vigne. Vous vous rendez compte ? Bon, c'est vrai que c'était une belle femme.

Je confirme d'un signe de tête, heureux de voir que M. Jourde est capable, lui aussi, d'apprécier la beauté que je croyais avoir été seul capable de déceler. Et jetant un coup d'œil par-dessus mon épaule, il chuchote :

– Ah ! Vous aussi vous aviez remarqué ? Malgré l'âge, on voyait encore qu'elle avait été belle. J'irais même plus loin, elle était encore belle. Une certaine élégance. Vous avez l'œil, facteur. Vous êtes un esthète et je vous en félicite. Peu de jeunes de votre âge sont sensibles aux beautés fanées. Tchin !

Nous trinquons. Puis il ajoute :

– Ah ! J'ai un colis à vous remettre. Un retour à l'expéditeur. Celui que vous m'aviez distribué il y a deux semaines. Finalement, je n'en veux pas.

Il me remet la boîte et reprend, après avoir bu une bonne lampée :

– Ça va mieux, vous ?

– Oui, je vous remercie. Je n'y pense plus trop. J'ai laissé tout ça derrière moi.

– Eh oui, la vie continue.

– Oui.

– Que voulez-vous, nul n'est éternel.

– Oui. Non.

– Le plus dur, c'est toujours pour ceux qui restent, n'est-ce pas ?

– C'est ça.

– Tout de même, partir comme ça. Cette violence. C'est atroce.

– Oui, c'est atroce.

– Vous croyez qu'ils retrouveront le criminel ?

– Je suppose. J'espère.

– Au fond, ça ne change rien. Ça ne la fera pas revenir.

– Non, c'est sûr.

– Mais bon, si c'est un *serial killer*, hein, il faut l'empêcher de nuire de nouveau.

– Oui, c'est important.

– C'est le rôle de la police. Chacun son métier.

– Oui, chacun son métier.

– Moi, policier, je n'aurais pas pu. Émotionnellement, c'est trop impliquant.

– Moi non plus.

– Vous avez raison. Facteur, c'est tout de même un beau métier. Et puis tout le monde vous apprécie. Je n'entends que des éloges. Et le facteur par-ci, et le facteur par-là. Et qu'il est gentil. Et qu'il est mignon. Vous avez du succès, vous savez, auprès des femmes, je veux dire. Ah. Moi aussi, à votre âge, je plaisais pas mal. J'aurais pu finir avec une belle femme, élégante, raffinée. Mais au lieu de ça… Le hasard. C'est arrivé comme ça. Les choses s'enchaînent. Un mois, deux mois, un an, et puis on se marie, et puis on fait des enfants, et avant même qu'on s'en rende compte, paf ! on est coincé pour la vie. Pour le meilleur et pour le pire, comme on dit ! Enfin, elle n'est pas méchante, non. On s'entend bien. Mais j'aurais pu avoir mieux. Bon. On n'est jamais content de ce qu'on a de toute façon. Tiens, c'est comme ce salon. On l'a acheté l'an dernier. Tout en cuir de buffle. Une splendeur ! Mais maintenant, on trouve qu'il tient chaud. Je sue dedans. Il me fait suer du crâne. Vous voyez ? Ça laisse des auréoles. Alors maintenant, Fanny veut que je mette un napperon sur ma tête quand je m'assois pour regarder la télé. Mais ça me gratte. Enfin, je vais pas vous ennuyer plus longtemps avec mes histoires. La sueur de crâne, ça doit pas être votre rayon j'imagine. Hein ? Chacun son métier.

– Oui, chacun son métier.

– Vous ne suez pas, vous ?

– Pas beaucoup.

– Heureux homme ! Vous trouverez une belle femme, vous !

Mme Jourde entre dans la pièce sur ces dernières paroles. Elle jette un regard offusqué à son mari, lance un petit « Oh » brisé, porte les deux mains à la bouche et s'enfuit en sanglotant.

– Elle m'énerve ! Elle m'énerve ! Ah ! N'oubliez pas le colis. Retour à l'expéditeur, hein. Je n'en veux plus.

Il y a un long chemin de terre, qui serpente dans une jolie forêt pour arriver chez Mme Ramirez. Et en haut, c'est sa demeure. Un petit château du XVIe siècle, avec les fenêtres à meneaux, deux tours carrées, les encadrements de porte en pierre ouvragée. C'est vraiment charmant. Comme il n'y a jamais personne, j'ai pris une petite habitude. Devant la demeure, il y a une terrasse de laquelle on aperçoit la plaine qui se déroule en bas, constellée de fermes isolées, de petits villages et de lotissements. C'est la tournée de Pierre. Un autre espace, parallèle au mien. Parfois, je le vois passer sur son vélo, tout petit, en contrebas. Ça fait comme un miroir. Un autre moi qui circule là-bas. Je reste toujours cinq minutes à contempler le paysage. Je baisse ma braguette, je sors mon oiseau et j'urine. Je me fais l'impression d'être Gargantua compissant la ville de Paris. J'imagine le flot jaune inondant toute la vallée, formant des cascades d'abord, puis se séparant en plusieurs rivières qui s'élargissent progressivement et recouvrent tout. Je suis là, les deux pieds bien campés au sol, avec l'air frais qui me caresse délicieusement les parties. C'est un vrai moment de bonheur. Je laisse mon regard vagabonder d'un village à l'autre, en suivant les routes qui quadrillent dans tous les azimuts. Quelque part, vers la droite, il y a la maison de Mesplier. Je ne sais pas exactement laquelle c'est, mais j'en ai choisi une. Et je sais qu'à l'intérieur, si séparée de moi, si petite, il y a l'inaccessible locataire à la chevelure rousse. Je l'imagine en train d'étendre son linge, ou de lire un livre, ou de faire la sieste. Une petite vie, qui palpite peut-être dans cette maison, ou dans une autre. Une jolie rousse que j'aurais pu rencontrer si j'avais été sur l'autre tournée, si le hasard m'avait offert de remplacer Pierre pendant l'été, et non pas Hubert. Si au lieu de Pierre, sur le vélo qui parcourt la plaine en bas, c'était moi qui pédalais, dans cet autre espace parallèle au mien. Je remonte ma braguette. Ce n'est pas ma tournée. Ce n'est pas ma cliente. Ce n'est pas mon vélo. Ce n'est pas moi. Juste un reflet.

Il y a plus d'une semaine que je n'ai pas vu Jean. J'ai déposé le courrier, mais je n'ai pas osé sonner. Sa mère est morte il y a quatre jours, quelques jours après notre lamentable conversation. Je n'ose pas lui parler. Je ne sais toujours pas quoi lui dire. Il me fait peur. Je suis devant sa porte et j'hésite. Je ne lui ai même pas présenté mes condoléances. Je ne me suis pas rendu à l'enterrement. Je m'apprête à rebrousser chemin et j'entends une voix dans mon dos :

– Tu allais t'enfuir encore un coup, n'est-ce pas ?

Un seau d'eau glacée qui me tombe dessus. Je me retourne. Jean me sourit, d'un bon sourire doux, rassurant. Il s'avance, me serre la main et ouvre la porte.

– Allez, entre. J'ai des projets à te raconter.

Nous nous asseyons, face à face. Il sourit toujours. Mais je vois bien que son passage parmi les morts a laissé des traces : ses yeux sont rouges et creusés par deux profonds cernes violets. Je détourne le regard et je marmonne :

– Je suis désolé pour ta mère… Mes condoléances.

Il éclate d'un gros rire franc :

– Bon. Eh bien, c'est fait. N'en parlons plus, veux-tu ? Moi aussi, ça me met mal à l'aise. Par contre, je vais devoir t'en parler un peu quand même, parce que mon nouveau projet est en rapport avec la mort de ma mère. Je t'explique ? Tu veux boire quelque chose ?

Je fais signe que non.

– J'essaie d'arrêter un peu.

Il répond :

– Comme tu voudras.

Je suis reconnaissant. Jean est mon ami.

– Alors voilà. On m'a demandé de faire quelque chose pour un petit musée de province, je ne sais plus trop où. Une exposition de quelques-unes de mes œuvres. C'est ce qu'ils voulaient, mais moi, ça m'ennuyait. Alors j'ai eu cette idée d'une exposition fantôme. Tu vas voir, c'est très simple. Je laisse le musée totalement vide, rien aux murs, rien sur les meubles, rien nulle part. Juste les gardiens, quelqu'un à l'entrée. Et des audioguides. Dans l'audioguide, on entendra ma voix et je guiderai les visiteurs, mais pas à travers le musée, non, je les guiderai à travers la maison de mon enfance. Tu vois le topo ? Sur votre droite, il y a la cuisine. Une table en bois, quatre chaises, un plan de travail, un évier. Du plafond dégringolent trois rubans tue-mouches, de la fenêtre, on voit un tilleul en fleurs, et ainsi de suite. Évidemment, si le visiteur suit exactement mes indications, il risque de se prendre un mur, ou de traverser une fenêtre. C'est tout le concept. Un lieu absent se superpose à un lieu présent, prend sa place au gré de ma propre voix. Je recrée ce qui va disparaître. Oui, parce que la maison va être vendue. Tu te rends compte, c'est toute mon enfance qui s'en va.

Pendant qu'il parle, je regarde les longues et fines mains de Jean virevolter, comme s'il recréait déjà devant moi la cuisine, les tables, les chaises, le tilleul.

– Voilà, c'est le truc. Il n'y a rien à voir, tout est à imaginer. Ce que j'aime bien, c'est l'idée que personne ne va pouvoir se représenter précisément ma maison, quelle que soit la minutie avec laquelle je la décris ; personne ne va même se représenter la même maison et peut-être même que chacun va superposer à ma propre description la maison de son enfance à lui, ou du moins une image intermédiaire entre ce que je décrirai et la maison de son enfance, quelque chose d'abstrait mais du coup de peut-être plus authentique encore que le souvenir qu'il lui reste de cette maison, ou que ce qu'il en voit aujourd'hui s'il continue à y retourner. C'est cela que je trouve très beau, si ça marche…

Et puis soudain, le visage de Jean se tend. Il penche sa grosse tête sur le côté et m'observe avec un air douloureux et soupçonneux, comme s'il était en train de me jauger. Il a l'air épuisé. Il me dit :

– Il y a autre chose dont je voudrais te parler, un autre projet que j'ai commencé depuis quelques jours. C'est quelque chose de plus… de plus compliqué. Viens, tu vas voir.

Et Jean me conduit dans une grande pièce que je ne connaissais pas. Une salle de projection. Il m'installe sur une chaise, face à un grand mur blanc. Il tripote un ordinateur et une image apparaît sur le mur. C'est une sorte de quadrillage photographique. Il y a plusieurs cadres et dans chacun, on voit un homme, dehors. Certains sont assis, d'autres sont debout, d'autres appuyés négligemment contre un mur. Ce sont pour la plupart des vieillards. Quelques-uns paraissent être des handicapés mentaux. Jean s'assied à côté de moi. Il semble très excité. Ses longues mains montent et descendent le long de ses cuisses. Je murmure :

– Qu'est-ce que c'est ?

Il répond avec une voix anormalement aiguë :

– Attends… attends… observe bien.

Je scrute les images. Mon œil circule de l'une à l'autre. J'essaie de comprendre. Il y a trente cadres. J'essaie d'embrasser toutes les images d'un seul coup d'œil. Puis je les observe une à une. Un homme en costume noir, avec un béret sur la tête et une croûte sous le nez. Un autre, plus jeune, en jogging bleu marine, porte un goitre. À côté, un homme accroupi, le dos appuyé contre le mur d'une maison. Plus loin, un type obèse vautré sur un banc, les bras en croix le long du dossier, la bedaine qui dépasse sous un T-shirt blanc couvert de taches. Je cherche une logique, un sens. Et tout d'un coup, mon œil capte un mouvement, dans un cadre, en bas à gauche. Une traînée rouge est passée devant une des photographies. Une voiture, je crois bien. Très vite. Et c'est là que je comprends. C'est là que je remarque, les petits mouvements imperceptibles. Un brin d'herbe qui s'agite légèrement au pied d'un vieux monsieur. Un arbre, dont les branches se balancent un peu à l'arrière-plan. De temps en temps, une voiture ou un vélo traversent l'un ou l'autre cadre. Ce ne sont pas des photographies, ce sont des vidéos. Peu à peu, je repère même de tout petits mouvements, minuscules, sur le visage de l'un ou de l'autre. Un œil qui se ferme légèrement. Un petit rictus, qui s'efface aussitôt. Une main, qui se resserre sur la toile du pantalon. Tous ses hommes ont été filmés frontalement. Tous ses visages font face au spectateur, comme s'ils l'observaient tout en invitant, dans leur apparente immobilité, à être eux-mêmes observés, comme des énigmes qu'il faudrait percer. Je suis fasciné. Je ne parviens plus à détacher mes yeux de ces êtres immobiles, vivant d'une vie minimale. La voix de Jean résonne dans le silence et me sort de ma contemplation.

– Ce n'est pas un enregistrement, c'est du direct. J'ai installé une caméra en face de chacun d'entre eux. Je les appelle les Guetteurs. Tu en as forcément déjà vu, tous ces gens qui se tiennent au bord des routes à regarder passer les voitures. J'ai passé la dernière semaine à les repérer, dans toute la région. J'ai installé mes caméras de nuit. Chacune est reliée à un petit ordinateur portable qui m'envoie les informations via Internet. Tu les vois tels qu'ils sont en ce moment, en train de guetter, presque parfaitement immobiles. C'est fou, non ? On a l'impression que ce sont eux qui nous espionnent. Et tous les jours, ils reviennent, exactement au même endroit, exactement dans la même position. Chacun son heure. À cette heure-ci, ils y sont tous. Mais il faudrait que tu voies la fin de journée. Quand ils quittent peu à peu, un à un, leur cadre. C'est magnifique ! Évidemment, j'enregistre au fur et à mesure. J'ai déjà des centaines d'heures de vidéo. C'est magnifique !

Les Guetteurs. Je trouve ça absolument génial mais il y a quelque chose qui me met mal à l'aise, sans que je parvienne à savoir exactement quoi. Je me contente de dire :

– C'est génial.

Jean me sourit, une grimace de douleur. Ses cernes violets se couvrent de petits plis. Il reste immobile devant moi. J'ai un moment de vertige. Jean semble s'en apercevoir et son visage se radoucit. Je prends congé.

Les lettres volent devant moi. Quand on trie, on est comme un dieu qui observe son domaine à distance. C'est comme si on pouvait embrasser, d'une seule pensée, la totalité des vies qui passent entre ses mains. En même temps, c'est un univers fractionné. D'une case à l'autre du casier de tri, on passe d'un quartier à l'autre, dans un désordre chaotique : chemin des Bordes-Basses… rue des Acacias… résidence La Plaine… chemin des Bordes-Basses… chemin des Bordes-Basses… chemin des Bordes-Basses… quartier des Bordes-Hautes… côte des Gatchounes… rue des Myosotis… résidence La Plaine… résidence La Plaine…, etc. Chaque case est rigoureusement séparée par une cloison. Chaque quartier est clos et, à l'intérieur, chaque nom apparaît dans son irréductible singularité, sa solitude. M. Jourde, sa femme. Mme Pertuis, ses douze garçons. Mme de Vigne, décédée, gorge béante. Mme Ramirez, jamais là. M. Peterson, en route vers Mars, tout là-haut. M. Soldi, ses chaussures neuves. Dieu, en esprit, les nomme tous. Il contemple sa création. Il y cherche un sens, un ordre, dans une perception d'ensemble. Et il sait. Chacune de ses créatures progresse dans une direction différente, chacun se débat, chacun cherche, chacun avance, comme un aveugle, sans savoir où, ni pourquoi. Et chaque trajectoire est coupée, séparée des trajectoires voisines. Des lignes parallèles, qui ne se rencontrent pas, qui poursuivent obstinément leur voie, jusqu'à son interruption brutale. Pan ! Contre le mur, sous le buffet. Même à distance, une tournée ne dessine aucune cohérence. Et il en va de même de chaque tournée. Dans tous les villages. Dans toutes les régions. Dans tous les pays. Des milliards de lignes, séparées, qui partent dans tous les sens sans jamais se toucher, et qui n'offrent aucun sens. Et Dieu se dit qu'il n'existe pas.

M. François habite avec sa femme et son fils dans une grande maison neuve. Quand je passe, il n'est jamais là. C'est toujours sa femme qui vient à ma rencontre. Jeune, jolie, soigneusement maquillée, géométriquement coiffée, aux ongles fraîchement manucurés. Bien qu'elle reste toujours à la maison, elle porte en permanence un sac à main assorti à sa tenue. On dirait qu'elle s'apprête à partir travailler, qu'elle se rend à un rendez-vous important. Mais non. Elle est femme au foyer. De temps en temps, je la croise ailleurs sur la tournée, en survêtement taille basse, assorti aux tennis, avec des chaussettes qui s'arrêtent à la naissance des chevilles : elle fait du jogging. Et le survêtement moulant souligne les lignes parfaites de son corps. Elle me fait penser à Peterson, au féminin. Elle a de grands yeux bleus, un peu tristes, avec de grands cils noirs figés par le rimmel. J'ai envie d'en prendre un entre mes doigts et de le casser. Mme François est en plastique. Une jolie poupée domestique. Mais aujourd'hui, fait extraordinaire, c'est M. François qui se tient devant moi. Il est malade, me dit-il sur un ton dynamique. Il ne travaille pas. Il n'est pas en peignoir, comme devrait l'être un malade. Il est en costume, gris souris. Avec une cravate noire. Il est appuyé du coude sur son coupé sport jaune et il se tient bien droit, la nuque raide, l'air papier glacé. Il y a du gel dans ses cheveux, dont la frange dessine une vague où l'on se plairait à imaginer un petit surfeur immobile. Ses joues sont parfaitement glabres. Il sent bon. C'est la première fois que je vois M. François, mais je l'ai reconnu du premier coup d'œil. Il est impeccablement assorti à sa jeune femme. Lui aussi est beau, bien fait, bien habillé. Ses ongles aussi sont manucurés et, s'il n'est pas maquillé, son teint est bronzé, probablement aux UV, à voir cette couleur chocolat. Comme son épouse, M. François est en plastique. Un *Big Jim* commercial. Il m'explique qu'il a monté sa propre entreprise. Des produits d'entretien bio, pour la maison. Il travaille énormément. Il fait facilement ses 75 heures par semaine. Au bureau à 5 heures le matin, de retour pas avant 20 heures. Quand il rentre, il est mort. Il n'est plus bon qu'à une chose : allumer la télé, ne rien faire. C'est sa petite récompense, pour tout le stress que lui procure son métier. Il me dit que moi, j'ai la belle vie. Mais que je ne suis pas prêt d'avoir une voiture comme la sienne, ou une maison comme la sienne. Et il ajoute sans sourire, après une pause :

– Ni même une femme comme la mienne.

Moi, M. François, j'ai envie de l'attraper par la cravate, que j'enroule autour de mon poing et, tandis qu'il cherche son souffle avec des yeux fous, tandis que sa vague explose et qu'il se casse les ongles contre ma veste de facteur en essayant de me faire lâcher prise, j'ai envie d'exercer une légère pression du poing vers l'avant d'abord, pour le forcer à se cambrer, jusqu'à la limite de la perte d'équilibre, puis de le forcer à descendre, à s'abaisser devant moi, à genoux devant moi, toujours écumant, les yeux gros, injectés, la chemise à moitié sortie du pantalon, tandis que sa parfaite épouse se déchirerait la gorge à hurler de panique pour avertir les voisins qui ne bougeront pas, car tout le monde se fout de M. François, de sa voiture jaune, de sa télé et même plus, tout le monde le hait, M. François, avec son portefeuille bien garni, son arrogance, son métier inutile. Et je lui tends son courrier. Et je m'apprête à repartir.

Mais M. François, qui doit considérer que le facteur a du temps, ou plutôt que son temps ne compte pas, et que pour une fois qu'il en a, lui, du temps, il est bien normal que je lui consacre le mien, continue de parler. Il n'arrête plus. Il me raconte sa clientèle, des gens très bien, qui pensent à la planète, qui pensent à l'avenir de leurs enfants, des commerciaux, des chefs d'entreprise, des avocats, des médecins, une clientèle en or, et qui n'hésite pas à mettre la main à la poche pour préserver l'environnement. Car le bio, c'est cher. Inutile de se voiler la face. Et tandis que M. François me parle, et me parle encore, je me fais la curieuse réflexion qu'il n'utilise jamais que le présent. Il dit : « Je ne déjeune jamais le matin. C'est une perte de temps. Je bois un café bien serré. Je bois beaucoup de café. » Présent d'habitude. Ou alors il dit : « Les gens veulent tous la même chose, depuis toujours, se sentir en sécurité, pas tellement pour eux, pour leurs enfants. » Présent de vérité générale. Et puis il dit : « Dans cinq ans, je revends la boîte. Je me fais un gros pactole et je prends ma retraite. À partir de là, je monte ma SCI. J'achète et je vends des appartements. L'immobilier, c'est le plus sûr. » Présent de futur proche, ponctué d'un présent de vérité générale. Jamais un passé. Jamais un vrai futur. C'est toujours révélateur, la façon dont les gens parlent. Par exemple, j'ai un voisin qui termine toujours ses phrases par « on va dire » : « Les Américains, c'est des surdéveloppés arriérés, on va dire. » Du coup, on a toujours l'impression qu'il n'a pas dit ce qu'il a dit, qu'il n'assume jamais son propos complètement, qu'il n'en endosse pas l'entière responsabilité. Trop peu sûr de lui, incapable d'imaginer qu'il puisse avoir une opinion en propre, il exprime constamment celle d'un tiers autorisé, un « on » qui n'existe pas, mais qui l'accompagne visiblement partout. M. François, donc, lui c'est le présent. M. François est collé à la vitre. M. François n'a pas de passé. Il ne regarde jamais en arrière. Il n'est jamais nostalgique. Le passé s'efface derrière lui à chaque nouveau pas. Il n'a aucun souvenir d'enfance. Il n'a pas d'histoire. M. François est vide de toute profondeur temporelle. En réalité, M. François n'est même jamais présent. Tendu comme un arc vers les lendemains qui chantent, il n'est jamais là, il ne goûte rien, pas même la conversation qu'il a avec moi en ce moment et au cours de laquelle il regarde trois fois sa montre. Lancé comme un électron fou dans son coupé jaune, il se précipite à toute vitesse vers un avenir aveugle pour vendre des détergents hors de prix à des commerciaux, des chefs d'entreprise, des avocats, des médecins, une clientèle en or on vous dit.

– Vous voulez savoir, facteur, quel est mon rêve secret, celui que je nourris au fond de mon cœur ? Voilà comment je vois mon avenir : sûr, stable, pour moi, mon épouse et mon fils. Je suis à l'abri du besoin, j'ai tout le confort dont un homme peut rêver, je ne me pose pas de questions inutiles, je profite de ce que je gagne et que je mérite, bref, comme maintenant, mais en mieux, voyez-vous ? Je suis…

Brutalement, il s'est interrompu. Il a porté une main crispée à son abdomen. Son visage, à présent, est jaune comme de la cire et la grimace qui le défigure, on dirait un masque de suppliante. Il se fige ainsi, quelques secondes, avec des yeux ternes, des yeux de cadavre, des yeux d'empaillé. Quelques secondes comme absent de lui-même. Je m'approche un peu en disant :

– Ça ne va pas ?

Il ne répond pas, perdu dans les méandres de ses entrailles, et puis soudain, il revient à lui. Sa main se relâche et redescend le long de sa jambe. Sa pupille s'allume de nouveau, mais garde la trace de cette taie opaque qui l'a recouverte un instant. Il me tend la main, me salue et repart d'une démarche mal assurée, bien droit pourtant, dans son costume gris souris parfaitement taillé. Sur le perron, sa femme l'attend. Elle le dévisage lorsqu'il passe à sa hauteur, un bref instant, et je lis dans ses yeux bleus une profonde pitié. Elle pose ses deux mains sur les épaules de son mari, qui se voûtent, et elle le pousse gentiment à l'intérieur. Puis elle tourne son minois vers moi, elle m'offre son beau sourire, doux et joyeux, et, levant le bras comme une majorette, elle lance d'une voix chaleureuse :

– À bientôt, facteur !

Le sourire s'efface et elle ferme la porte derrière elle.

Tout en pédalant pour rejoindre le 29, rue du Tilleul, tout en déposant le courrier de M. Hurte dans sa boîte, tout en poursuivant pour rejoindre la rue des Acacias, je pense longuement à M. François. J'imagine parfaitement le scénario. Les signes sont indubitables. Ce teint jaune, ces yeux vitreux, cette main crispée, l'homme est condamné. Cancer du côlon, ou de l'estomac. Le voilà, son présent. Un véritable miracle, je me dis, qui lui donne un peu d'humanité. Je me mets presque à le plaindre à présent, à regretter d'en avoir pensé tant de mal, de l'avoir mal jugé, cet homme, qui finalement m'est bien supérieur en cela que lui connaît ce que j'ignore complètement, l'angoisse atroce de la mort inéluctable, le souffle au parfum de terre qui caresse à tout moment votre âme de sa griffe ébréchée, la petite bête cruelle et insidieuse qui se pose sur votre épaule, toute petite, toute recroquevillée, là, sur votre épaule, dans le coin du miroir, et plonge ses petits crocs dans la chair de votre cou pour aspirer la vie, pour vider vos joues, et vos lèvres, et vos yeux, et mettre à la place de votre beau visage bronzé de jeune commercial plein d'avenir financier une hideuse face exsangue de zombie. J'ai envie de demander pardon, pardon de l'avoir négligé, de ne pas m'être rendu compte, de ne pas avoir eu ce geste, ce ton de voix, cette parole que l'on offre aux mourants en guise de faute de mieux. Et puis soudain, l'idée me frappe que pour tout costume de pourpre à ce mal qui le grandit, qui l'illumine, qui le rend superbe au regard du commun des immortels, il n'a rien de mieux à offrir que sa petite ambition mesquine, sa maison neuve, son coupé jaune et sa clientèle en or. Où j'aurais, moi, plongé dans le souvenir si j'avais été l'élu du drame, le personnage tragique, où je me serais tapi, et avec quelle élégance fragile, dans un recoin précieux de l'enfance, une boule de nostalgie où la neige tournoie, *rosebud*, où chaque souffle, vécu comme le dernier, aurait été avalé avec avidité pour savourer la rosée du matin, la sécheresse minérale du midi et la fraîcheur funeste du soir qui tombe, où j'aurais imaginé, en songe prophétique, la vie de ceux qui me survivront et qui me sont chers, les pleurs déchirants de ma mère sur ma tombe, mon frère courbé sur l'album-souvenir, le doigt parcourant l'ovale de mon visage à jamais perdu et à jamais figé sur le papier, la postérité découvrant mes écrits et les articles de presse, les émissions, les fouilles archéologiques dans mes brouillons, les événements de ma courte existence, les témoignages émus des amis, des clients de la tournée, un garçon si simple, si gentil, où j'aurais repassé un à un, pour les tenir une dernière fois serrés dans les bras du souvenir, avant de les ouvrir, ces bras, dans un geste sublime pour tout relâcher, laisser partir au vent, avant d'expirer, les moments les plus vibrants de ma vie, le premier baiser, le pull oublié, la pomme de pin, les balades dans le petit cimetière la nuit, avec les histoires effrayantes que l'on se racontait, et les étoiles au ciel, les étoiles filantes avec les brins d'herbe qui grattent la joue. J'en pleurerais presque, sur mon vélo, tant je suis ému de mon propre mélodrame, quand j'arrive au 1, rue des Acacias, chez M. Cervère, qui m'ouvre la porte et me dit :

– Excusez-moi de vous avoir fait attendre, facteur. J'étais aux lieux. Une chiasse mirifique. La tripe en berne. J'en étais saisi dans la contemplation de ma cuvette et je ne parvenais plus à m'en arracher. Trop de salade ! Je le dis toujours à ma femme. On mange trop de salade ! Je finirai par me vider corps et biens. Alors, qu'est-ce qu'on a là ? Un colis ? Je signe où ?

J'en suis encore à penser à M. François et son ventre ravagé sous chemise amidonnée quand j'arrive chez Mme Hardy. Au bureau, on prétend qu'elle est folle. Elle vit dans une ferme écartée de la route. Elle ne reçoit presque jamais rien. Elle a perdu son mari et sa fille dans un accident de voiture il y a une dizaine d'années. La petite famille se rendait à la ville pour la première fois de son existence. Elle en est revenue seule. Elle ne sort jamais. Il paraît qu'on l'entend hurler, certains soirs, dans toute la plaine. Comme une hyène. C'est sa retraite que je lui amène. On la verse en liquide, contre signature, et on nous donne en général un pourboire. Ce matin, Pierrot m'a prévenu que c'était pas la peine que j'espère un kopeck. Le mur de pierres qui entoure la cour est crevé. La grille est sortie de ses gonds et pend misérablement, couverte de rouille, retenue dans sa chute éternelle par un épais massif de rosiers sans fleurs. Dans la cour boueuse, où mes pas collent, il n'y a pas une poule, pas un canard, pas un chat. Au centre, un vieux puits déborde de ronces. Plongée dans l'ombre, la maison elle-même fait peine à voir. Certains volets sont décrochés. À l'étage, les fenêtres n'ont pas de carreaux. Le crépi s'effrite en plusieurs endroits et le sol, le long du mur, est jonché de tuiles brisées. La porte est ouverte. Je frappe. J'entends, à l'intérieur, le bruit d'une chaise qui racle le sol et Mme Hardy apparaît. Une petite femme, vraiment toute petite, ronde comme un pois, vêtue d'une blouse bleue, à fruits. Elle tient dans sa main une grappe de raisin, dont elle s'applique visiblement à avaler les grains fourrés dans sa bouche afin de répondre à mon bonjour. Elle sourit, sous ses cheveux roux en broussaille. Ma foi, elle n'a pas l'air méchant. Tout en elle est rondeur et douceur et ses petits yeux noirs sont extrêmement rieurs. Elle me fait songer à une Pomone rustique et me traverse l'idée qu'en ce moment, je suis moi-même son Vertumne, qui vient la tirer de sa solitaire retraite.

Elle tourne les talons et entre en sautillant. À l'intérieur, tout est sombre. Des dalles en terre cuite au sol, une table en chêne, quatre chaises, une cuisinière noire et un mur couvert de graisse. Elle me tend une chaise en minaudant et s'assied en face de moi. Je lui tends le bordereau qu'elle signe et je lui donne son argent. Elle plie la liasse en deux et la fourre maladroitement dans la poche de sa blouse et puis, d'une petite voix flutée, elle me susurre :

– Vous êtes un beau garçon. Voulez-vous que je vous présente ma fille ?

Un frisson me parcourt le dos, comme un choc électrique.

– Non, madame, non merci, je réponds. Je dois y aller. J'ai beaucoup de travail aujourd'hui.

Mais elle se lève, fait le tour de la table, me prend la main et m'entraîne joyeusement.

– Mais si ! Mais si ! Venez donc ! Elle est très jolie, vous verrez. Et puis, ne vous en faites pas, elle est majeure vous savez. Elle a eu dix-huit ans la semaine dernière.

Et tandis que je la suis malgré moi dans les escaliers grinçants :

– Elle est dans sa chambre. C'est l'heure de sa coiffure, justement. Vous allez voir. Quels cheveux elle a ! Ils sont magnifiques.

Je cherche quelque chose à dire pour me sortir de là, mais c'est trop tard maintenant, je ne peux plus faire demi-tour. Nous pénétrons dans une petite chambre mansardée. L'air froid s'engouffre par la fenêtre sans carreaux et pousse les moutons sur le plancher. Il y a un petit lit, un lit d'enfant, dont les couvertures sont défaites. Un nounours sur le sol couvert de poussière. Et une coiffeuse, avec son miroir, et une chaise. Elle se dirige vers la coiffeuse en disant :

– Ah ! tu t'es déjà installée. Tiens ! Je te présente le facteur.

Silence. Je suis resté planté, un peu en retrait.

– Et alors, jeune homme, ne faites pas le timide. Vous pouvez lui répondre.

Elle me jette un regard suppliant, comme si elle me disait : « Allons, je vous en prie, jouez le jeu, jouez le jeu pour moi, faites semblant, s'il vous plaît, jouez ce jeu avec moi. » Alors je m'incline légèrement vers la coiffeuse et je dis :

– Bonjour mademoiselle. Vous êtes ravissante.

Le visage de Mme Hardy se détend et ses yeux retrouvent leur flamme rieuse.

– Voilà qui est mieux ! Allez, ma chérie, je vais te coiffer pendant que monsieur le gentil facteur va rester là à te regarder. Je suis sûre que vous vous plaisez déjà, n'est-ce pas Ophélie ? N'est-ce pas jeune homme ?

M'arrachant à la pétrification, j'incline la tête.

– J'en étais sûre ! Je sais bien ce qu'il faut à ma petite Ophélie.

Et elle saisit de ses mains potelées le peigne qui était posé sur la coiffeuse. Et avec des gestes d'une incroyable précision, elle se met à coiffer le vide. Elle saisit une mèche invisible de sa main gauche. La main droite, qui tient la brosse, descend lentement et accroche de temps en temps, comme si le peigne se prenait dans un nœud, puis reprend sa descente. Lentement, très lentement, elle coiffe. Et petit à petit, devant la perfection de cette pantomime macabre, je crois voir les cheveux fins glisser entre ses doigts, les mèches lisses et mouillées, qui filent entre les dents du peigne, s'étirent, élastiques comme des anguilles, pour rebondir ensuite en petites vagues. D'un geste assuré, Mme Hardy relève les cheveux de derrière en un lourd chignon, dégageant la nuque, puis elle plaque les petites frisettes rebelles derrière les oreilles, prenant appui de la main gauche sur l'épaule de sa fille, qui se balance d'avant en arrière sous le poids de sa mère. Tout en peignant, elle chantonne joyeusement. Elle se tourne enfin vers moi et me fait signe de la main :

– Approchez ! Approchez, allons ! N'ayez pas peur.

Je fais quelques pas, à contrecœur.

– Allons ! Approchez ! Plus près…

Sa voix se fait impérieuse à présent, et toujours cette supplication muette dans le regard. J'obéis, les yeux fixés sur mes chaussures couvertes de boue, qui maculent le bois du plancher.

– N'est-ce pas qu'ils sont magnifiques ? Regardez ces reflets. Mais touchez-les ! Touchez-les donc !

Elle me prend la main, qu'elle guide vers la chevelure. Je sens tout à coup que je tremble. Mon cœur bat la chamade. Je lève la tête et je jure que l'espace d'un instant, aussi absurde que cela soit, je crois voir le reflet de la jeune fille dans le miroir devant moi, avec son beau visage pâle de morte, ses lèvres blanches qui sourient en découvrant des dents jaunes, et je m'attends aussi à sentir le froid contact de cette chevelure, comme des serpents dont la peau glacée glisserait entre mes doigts, mais le miroir n'est plein que de mon reflet et mes doigts ne touchent que le vide. Je regarde Mme Hardy et je lui souris, un grand sourire que je sens franc et enjôleur. Je confirme :

– Ils sont très doux en effet.

Le visage de la mère s'éclaire.

– Oui, n'est-ce pas ? Ce sont les plus doux cheveux, les plus doux cheveux…

Puis, comme si je n'étais plus là, elle se remet à peigner en chantonnant, tandis que je m'éloigne doucement, à reculons, mes pieds effleurant à peine le sol. Il y a des jours, comme ça.

C'est bien ma veine ! M. Jourde n'est pas chez lui. Après M. François et Mme Hardy, j'aurais bien aimé un petit remontant et une bonne conversation amicale. J'ai sonné longtemps, mais personne n'a répondu. Et maintenant, comme si la matinée n'avait pas été assez funeste, je suis obligé de passer devant chez Mme de Vigne. Ce n'est plus un *memento mori*, c'est de l'acharnement funéraire. J'arrête un instant mon vélo et je contemple la grande demeure victorienne aux volets fermés, une vraie face de carême ! Et, comme on le fait parfois, parce qu'on aime se torturer, parce qu'on ne peut s'empêcher de s'enfoncer plus, toujours plus profondément dans une humeur maussade quand on a commencé à plonger, je me force à repenser à Mme de Vigne, à son corps étendu dans la cuisine. Je me revois, dans l'encadrement de la porte entrouverte, que je traverse pour marcher dans le long couloir. Je me repasse toute la scène, au ralenti, dans ses moindres détails. Et tout à coup, je me sens d'une excellente humeur, plein de vitalité, plein d'énergie, comme si je venais d'être poursuivi par un ours et qu'un nouveau printemps venait effacer le poids de mes crimes. J'enfourche de nouveau mon vélo et je repars en sifflotant, sans me rendre compte que l'air que je siffle est celui que chantonnait Mme Hardy au fantôme de sa fille.

Un par-ci. Un par-là. Voire deux ou trois. Et à la longue, qui plus est parce que l'addition est dans l'estomac exponentielle, on se sent un peu parti. Mais aujourd'hui, pourtant, je n'ai rien bu. Rien depuis quatre jours. Quatre jours ! J'ai refusé le petit blanc chez M. Pastous, le jaune chez M. Jourde, la blanche chez Mme Claire. Pourtant, j'ai la sensation vague de pédaler sur de l'eau. Avant d'arriver chez Mme Laruelle, il y a une longue descente. Je suis penché en avant, les coudes rentrés, les genoux rentrés, la tête rentrée, les sacoches fermées. Tout schuss. La route a été refaite sur cette portion, mais seulement par endroits. Bitume bleu nuit : je glisse en silence. Bitume gris pâle : bruit, je sens sous la roue la légère résistance. Bleu nuit à nouveau : silence. Gris pâle : bruit. Je slalome. J'ai soif. Une soif terrible. Le vent vif ne rafraîchit pas mon front. J'aurais dû en boire un, juste un petit verre. Son absence fait des ravages dans mon cerveau brûlant. Je vole littéralement sur la route. Et soudain je les vois : deux petites filles marchent devant moi, main dans la main, au milieu de la voie. La photographie de Diane Arbus, *Identical*

Twins, me traverse l'esprit tandis que j'appuie sur les freins. La roue avant se bloque et je pars en soleil. Comme je flotte un instant dans les airs, je regarde passer à quelques mètres sur ma gauche pépé Soldi, en short et petite foulée. J'ai le temps de voir les chaussures de sport neuves qu'il porte aux pieds. Elles martèlent lourdement le sol, à plat. Il souffle comme un bœuf, les yeux vides fixés devant lui. Et puis tout s'éteint.

Je suis assis sur le bord de la route. J'ai un joli trou dans le genou gauche et sur chaque paume. Les deux jumelles se tiennent debout, côte à côte, et m'observent. Je me suis, si l'on peut dire, arrêté juste devant chez Mme Laruelle. Elle vient en courant vers moi, vêtue d'une robe jaune. Elle hurle. Je me lève, lui fais signe de la main que tout va bien et me dirige vers mon vélo, que je ramasse. Le guidon est tordu. Je le redresse et je m'aperçois que Mme Laruelle hurle toujours, dans son habit de soleil. Ce n'est que quand elle parvient à ma hauteur que je comprends ce qu'elle crie :

– Dieu merci ! Venez vite ! Il est dans mon salon ! Il est dans mon salon !

Et elle repart en courant dans l'autre sens. Elle ralentit au niveau des jumelles, qui n'ont pas bougé, et leur lance un regard stupéfait, avant de repartir. Sans plus réfléchir, je pose le vélo sur le bas-côté et je commence à la suivre. Les jumelles me regardent passer fixement. Je leur souris pour les rassurer mais elles ne cillent pas. Je me rends compte que je titube un peu. Je rattrape Mme Laruelle, qui marche à présent. Nous pénétrons dans la cour de sa maison. Parvenue à sa porte, elle se tourne vers moi et me fait signe de passer le premier :

– Il est dans le salon, dit-elle. Oh ! Mon Dieu ! Qu'est-ce qu'on va faire ?

On ? J'hésite, puis j'entre. Il y a un long couloir en L, puis un autre, plus court, sur la droite et au bout, dans un petit renfoncement à gauche, une porte vitrée à deux vantaux ouverts. Mme Laruelle marche juste derrière moi en répétant : « Ohmondieuohmondieu-ohmondieuohmondieu. » Et, entre les vantaux, je l'aperçois : c'est un taureau. Il se tient, impassible, en plein milieu, entre la table et la bibliothèque. Tout en muscles. Il me fixe et frappe du pied la moquette jaune citron. D'une voix qui tente d'être assurée, Mme Laruelle me dit :

– Restez-là. Surveillez-le. Je reviens.

Et elle repart en courant. Je reste seul, face au monstre. À l'évidence, nous nous surveillons mutuellement. Il est noir, avec un triangle blanc sur le front. La tête est baissée, à ras du sol. Je remarque la finesse de la peau sur ses joues, si fine que l'on voit presque palpiter les veines et les petits muscles en dessous. Les cornes en lyre pointées vers l'avant. Le cou est puissant. Je me souviens du mot *morrillo*, la partie charnue. Il faut prononcer en faisant longtemps rouler l'apex sur le palais : *morrillo.* Et la saveur des morilles passe absurdement sur ma langue. La poitrine est très large et descend très bas entre les pattes de devant, courtes et musculeuses. J'avise à l'arrière – d'où je suis directement sous le fanon – le gond qui pend pesamment. Son ventre monte et descend au rythme de son souffle. Il doit faire dix fois mon poids et je me sens petit, très petit, et fragile ô combien devant ce tas de muscles enchevêtrés, entassés les uns sur les autres dont les lignes multiples se croisent et se recroisent. Un labyrinthe dans le labyrinthe. On ne peut plus baroque, au milieu du salon. Gonflé à l'hélium et horriblement lourd. On dirait qu'il va s'enfoncer dans la moquette, prendre racine là, comme une improbable statue. Le rhinocéros de Dürer dans sa cuirasse ridicule. Pour l'instant, il ne bouge pas. Il se contente de me fixer, de ses yeux noirs, paisibles, sans émotion, avec ses petits cils tout doux. Une théophanie. Cache-t-il, là, sous la langue, le mystérieux scarabée d'or fondu pour me fermer les yeux, avant de me mener sur son dos, large comme une barque, à ma demeure dernière ? Je sens revenir les effets de l'absence. À moins qu'ils ne m'aient pas quitté. La pression sur les tempes. Le champ de vision étroit, où le taureau prend toute la place. J'ai des bouffées chaudes. Qu'est-ce que je fais là ? Qu'est-ce que ce taureau fait là ? Et que fait cette hache entre mes mains ? Mais avant que je ne puisse apporter une quelconque réponse à cette question qui n'en a sans doute pas, j'entends le pas sourd de Mme Laruelle. Étincelante.

– Allez-y, me dit-elle d'une voix distordue.

Je ne bouge pas. Je suis blessé, et par la bête dont la pointe aiguë des cornes me laboure le cerveau, et par la hache, dont la brillance effilée me brûle les yeux, et par la robe de feu de Mme Laruelle qui me consume. Le souffle chaud du taureau. Le bruit sourd de son pied sur la moquette jaune. La hache. Je ne bouge pas. J'ai un peu envie de rire. Finalement, je ris, doucement. Mme Laruelle est derrière moi. « Je vais le faire », dis-je. Est-ce que je l'ai dit ? Non, je l'ai pensé seulement. Et je me vois, de dos, devant moi, à un mètre du taureau, la hache entre les jambes légèrement écartées l'une de l'autre, avec la lame qui oscille comme un ballant d'horloge. Lentement, la masse animale que je croyais inébranlable s'ébranle. Un pas. Le fanon balance lui aussi, à droite, à gauche. Les muscles roulent, comme une machinerie complexe. Un autre pas. Il s'avance, luisant de sueur, vers moi qui me tiens devant moi. La tête baissée, il dodeline. La hache est élevée dans les airs. Elle étincelle dans mes pupilles. Je ne veux pas voir. Je n'en perds pas une miette. L'anis, le raisin et la poire se mêlent dans ma bouche. La hache tombe et se plante en plein dans la croix, entre les omoplates, la croix qui entre en éruption, de petites fumerolles de sang qui montent dans les airs et retombent sur le pelage noir du monstre. Les pattes avant ploient. Mes mains écorchées brûlent. La tête de l'animal frappe durement la moquette, avant que tout l'édifice ne cède et ne s'effondre sur le flanc. Le sang se répand lentement, progressivement. Je lâche un « olé » furieusement comique. Je ris à gorge déployée. Le taureau est agité encore de quelques soubresauts convulsifs. Son énorme pupille cligne dans ma direction puis s'éteint sous mes yeux, que je ferme un instant. Tout chavire. Je titube entre les parois du couloir. Je reste devant le taureau mort. Je n'ai plus de hache. Il n'y a plus de taureau. Je suis dehors. Je suis debout dans le salon, devant le taureau mort. Je regarde le ciel. Je suis assis. Je suis debout dans le salon. Il n'y a plus rien. Je regarde le corps de l'homme nu à tête de taureau, son sexe collé mollement sur sa cuisse. Le soleil m'éblouit.

– Facteur ?

La voix de Mme Laruelle. Je suis dans le salon. Elle me tend un grand sac en toile de jute.

– On va le mettre là-dedans.

Je la regarde, incrédule. Elle me renvoie mon regard. Ses yeux brillent comme des soleils.

– Allons ! Ne me dites pas que vous avez peur, un grand garçon comme vous.

Je prends le sac sans trop comprendre et me retourne. Il n'y a rien dans le salon. Le taureau étendu par terre, la mare de sang, le ruisseau rouge qui s'échappe du dos, rien ! Je sens mes jambes se dérober sous moi. Je fais un effort pour me tenir droit. Je demande, d'une voix tremblante :

– Où est-il passé ?

Elle m'indique du doigt la table basse, près de la cheminée. Et je le vois : c'est un serpent. Un petit serpent de rien du tout, qui se tient immobile sur la moquette. Je m'entends dire :

– Et le taureau ?

– Le… ? quoi ? répond-elle.

– Non, rien, rien. C'est un serpent ? C'est bien cela ? Je vais vous l'attraper, ne vous en faites pas.

J'ai déjà vu faire ça. Il faut faire avancer le serpent en ligne droite pour lui plaquer la tête. Je m'approche doucement. Il ne bouge pas. Je pose ma main tremblante devant lui et je l'excite en la retirant vivement. Il attaque, une fois, deux fois, puis, lassé de mon manège, il file droit devant lui, lentement, comme s'écoule le sperme venimeux de Minos. Je pose ma main à plat à l'arrière de la tête, je le saisis et le fourre dans le sac. Je sors à toute vitesse et jette le sac par-dessus la haie, de l'autre côté de la rue. Mme Laruelle me regarde avec des yeux brillants, comme si j'étais un véritable héros.

– Ne bougez pas. Je vais vous chercher un petit quelque chose.

Je m'assieds sur le perron, mes mains tremblent terriblement. Du coin de l'œil, à ma droite, je capte la forme du taureau, qui broute paisiblement la pelouse fraîchement tondue de Mme Laruelle. Non non non… Je sais que tu n'es pas là.

– Facteur ?

Le taureau a de nouveau disparu, le fourbe ! Elle me tend une pièce.

– Tenez, ce n'est pas grand-chose, mais…

Je secoue la tête, puis je la baisse. J'observe le quadrillage au sol.

– Vous auriez pas un petit verre plutôt ? Un peu d'alcool me ferait du bien.

Je sens le rouge de la honte me monter au front. Je prends ma main gauche dans ma main droite, pour l'empêcher de trembler. Elle me fixe un instant, hésite, puis :

– Je reviens, dit-elle.

Devant moi, le taureau s'est remis à brouter. Dans deux secondes, je sais que je l'aurai effacé.

Mme Laruelle revient avec un verre de whisky, que je vide d'un trait. Il descend comme une boule de feu dans mon estomac et remonte en frissons glacés le long de ma colonne. Ma main cesse de trembler aussitôt. Le taureau est parti. Je lui demande :

– Et les jumelles, vous les avez vues, non ?

Elle ne répond pas.

– Si elle le fait, faut qu'on agit.

– Qu'on agisse.

– N'empêche ! On peut pas la laisser faire ça.

– On a qu'à la tuer.

– C'est malin, ça ! Si on la tue, il meurt avec.

– Ou elle.

– Mais non, c'est sûr, c'est un des nôtres, sinon, elle voudrait pas…

– Le dis pas ! S'il te plaît, le dis pas ! Je supporte pas de l'entendre !

– Mais pourquoi qu'elle veut faire ça s'il est comme nous ?

– Le tuer, c'est nous tuer tous !

– On a qu'à la tuer.

– Putain ! Barthélémy ! Réfléchis une seconde !

– Ben quoi ? On la tue et voilà !

– Mais si tu la tues maintenant, tu le tues avec. Et si tu la tues plus tard, elle l'aura déjà tué.

– Alors qu'est-ce qu'on fait ?

Un moment de silence. Ils sont assis par terre, les douze, en rond, tout blonds, au milieu du jardin. Ils ne m'ont pas entendu arriver. Du moins, je ne crois pas. Je ne bouge pas. J'attends. Et ça repart.

– On la menace ?

– Oui, mais… de quoi ?

– Je sais pas. On lui fait peur. On est douze quand même.

– On la menace de la tuer.

– Barthélémy, t'es lourd !

– De toute façon, faut qu'on fait quelque chose.

– Qu'on fasse. Mais t'as raison. On peut pas la laisser faire ça. C'est notre frère, le treizième. Et puis, Dieu la punirait pour ça.

– J'ai une idée ! On a qu'à écrire à papa !

– Laisse-le où il est, ce fils de pute avec sa traînée.

– Papa est pas un fils de pute.

– Si, c'en est un sacré chien chié de fils de putain qui a foutu le camp avec une salope qui vole les maris. C'est lui qu'on devrait tuer ! Il a rompu les liens sacrés du mariage. Dieu punit ça aussi.

– N'empêche, si on appelle papa, tout fils de pute qu'il est, il la laissera pas faire. Il supportera pas qu'elle tue son propre enfant. Et lui, lui, il peut lui faire peur.

– Et après on le tue, ce fils de pute !... Quoi ? Qu'est-ce j'ai dit ?

Mme Pertuis apparaît sur le seuil.

– Rentrez, les enfants ! Le repas est prêt ! Ah ! Bonjour facteur, il y a quelque chose ?

Tous les enfants se sont tournés vers moi et leurs douze paires d'yeux me clouent sur place.

– Juste une lettre !

L'aîné sort du groupe, se dirige vers moi et me prend la lettre des mains, d'un geste brusque. En même temps, il murmure entre ses dents : « Gare à toi, sale fouineur ! » Il a beau n'avoir que quatorze ans, il y a quelque chose dans le tremblement de sa voix et la transparence de ses yeux qui me fait reculer d'un pas.

– Un petit verre, facteur ? Il faut que je vous parle de quelque chose.

On m'ouvre la grille. Les enfants courent vers leur mère et chacun son tour, avant de pénétrer dans la maison, ils embrassent son ventre rond.

J'hésite avant d'entrer. La conversation que je viens d'entendre... est-ce comme le taureau ? Il m'a bien traité de fouineur. Peut-être n'a-t-il fait que me prendre la lettre ? Mes mains tremblent à nouveau. Le whisky de Mme Laruelle est déjà loin derrière, comme qui dirait consommé. Trop de confusion. Un petit blanc me permettra d'y voir plus clair. Un petit blanc, c'est léger, ça ne peut pas faire de mal. Juste mettre un peu d'ordre dans mes idées. Je suis toujours planté dans le jardin. Il y a un saule pleureur qui remue, comme un poulpe. Je le regarde effleurer le sol de la pointe de ses tentacules. Il clignote sous mes yeux comme un sapin de Noël. Ses tentacules rampent vers moi, lentement, avec un bruit de frôlement. Mme Pertuis réapparaît sur le seuil.

– Eh bien, facteur, vous venez ?

Je m'exécute. Quand j'entre, les enfants sont déjà tous à table. Et à voir leur regard quand leur mère m'annonce, comme si elle devait se débarrasser tout de suite d'un fardeau, d'un poids qui l'encombre, comme si le dire, c'était déjà le faire : « J'ai décidé d'avorter », je comprends que le complot est réel, que ces charmantes têtes blondes ont bien l'intention d'empêcher cela, coûte que coûte. Mme Pertuis attend visiblement une réponse, mais répondre quoi que ce soit devant mes douze juges, sous l'œil de l'aîné, m'est particulièrement difficile. Je décide d'abord, pour gagner du temps et me blanchir, de jouer la surprise :

– Avorter ?

Le ton de ma voix est si faux que j'en rirais presque moi-même. L'aîné ne s'en prive pas et ricane de façon provocante.

– Qu'est-ce qui t'arrive ? demande sa mère. Ne te mêle pas des conversations des adultes, veux-tu ? Ça ne vous regarde en rien !

Il baisse la tête dans son assiette et ne dit plus un mot, mais il relève bien vite les yeux dans ma direction. Mme Pertuis remplit les deux verres. Nous buvons, en silence. J'ai les idées claires. Je regarde les enfants qui mangent bruyamment une sorte de ragoût. Le festin de Thyeste. Les petites bouches mâchent la dépouille sanglante de leur propre chair. Dans le cadre de la fenêtre, le soleil fait demi-tour. Je regarde mon verre. Le vin est blanc, heureusement.

– Vous prendrez une assiette ? C'est de l'agneau.

– Non merci. Mais je veux bien un autre verre.

Ceci n'est pas mon sang. Mme Pertuis se remet à parler. Elle m'explique que depuis notre dernière conversation, elle a passé des heures et des heures à regarder l'échographie et qu'elle pense que j'ai raison, c'est un garçon et elle ne veut pas d'un autre garçon.

– Si ç'avait été une petite fille, je l'aurais gardée. Mais ils sont douze…

Douze paires d'yeux bleus, comme les perles d'un collier qui me serrent le cou. Je ne suis plus maître de mes mots. Les yeux sur moi me pressent, et contre mon cerveau qui se cabre, tire, tire dans l'autre sens, un cheval emballé entravé retenu par la corde, mes lèvres, ma langue, mon souffle qui disent qu'elle devrait réfléchir encore. Oui ! Je m'entends le dire. Dieu ne pardonnera pas un tel geste. Et puis, qui sait ? Peut-être qu'elle se trompe ? C'est peut-être bien une fille ? Simon ne me quitte pas du regard. Je poursuis :

– Vous savez, certaines études montrent que plus de la moitié des femmes regrettent d'avoir avorté et tombent alors dans une profonde dépression. Touchez votre ventre, là. Ce qui est à l'intérieur vit. Ce serait commettre un meurtre. Vous n'êtes pas une criminelle, n'est-ce pas ?

Mme Pertuis remue la tête. Son regard s'embue.

– Je ne sais pas, dit-elle. Je ne peux pas le garder. Il n'a rien à faire là.

Je vide mon verre d'un trait. Je veux partir. Je ne peux pas. La pression des douze me cloue à ma chaise. Ils réclament le coup de grâce. Ils veulent que j'achève ma partie. Et là, c'est le coup de génie. À toute vitesse, j'assène :

– Votre mari l'apprendra. Comment va-t-il réagir, à votre avis ? Vous allez lui briser le cœur. Et vos enfants, je suis sûr qu'ils veulent un petit frère, ou une petite sœur. Je suis sûr qu'ils ne comprennent pas votre décision. Je suis sûr qu'ils ne veulent pas d'une mère qui tue son propre bébé.

Les mots s'écoulent tout seuls, tandis que quelque chose en moi me hurle d'arrêter. Mais je joue mon rôle à merveille. Le calme de la voix, la gravité du regard, le sourire rassurant, les mains tendues légèrement vers le ventre rond, que je caresse à distance, comme pour dresser un rempart invisible contre ce qui cherche à le détruire. Les enfants ne mangent plus. Ils me dévisagent, stupéfaits. Je suis des leurs. Je détourne les yeux, mais ils sont partout, dans les cadres aux murs, dans les dessins, dans les jouets répandus dans la pièce. Ils me cernent. Et ils poussent, ils poussent. J'affronte le regard de Mme Pertuis. Je fais un pas vers elle. Je lâche même son prénom. Je pose une main sur son épaule.

– Soyez raisonnable.

Elle secoue toujours la tête, hébétée, perdue. Je vais porter l'estocade. Un goût de métal sur la langue. Je suis le glaive de Dieu. Je suis la bonne parole. Je suis la Justice. Elle ne dit plus rien. Elle est raide sous ma paume. Je sens son dégoût et la gratitude des douze, qui m'inonde. L'eau de leurs yeux versée sur moi me lave. Je peux partir à présent. Je suis libéré de leur emprise. Je retire ma main. Je tourne les talons.

Je suis à nouveau dans le jardin. Je marche à l'égal des dieux, je vois tous les hommes à mes pieds et ma tête altière atteint jusqu'au ciel. Il se met à pleuvoir, une pluie dense, chaude, cinglante. Je lève le front et je laisse la pluie me boucher la bouche, les yeux, le nez, les oreilles. Je laisse la pluie faire. Le jardin se couvre d'eau et le poulpe devant moi danse pour moi.

Vincent (Zo), Cochet (la case), Pihuit (et neuf), Labarthe (sur Lèze), Carton (pâte), Vincent (Zo)… Allons facteur, n'ayez pas peur, puisque je vous dis que Bambi ne mord pas, elle est adorable… Hein, ma Bambi, que tu es adorable ? Hé bien facteur ! On s'est encore arrêté boire un coup chez son copain Jean ? Et nous, on attend le courrier ! Ah ! Vous avez la belle vie, vous ! Alors facteur, qu'est-ce que vous nous apportez aujourd'hui ? J'espère que c'est pas encore des factures ! Bonjour facteur ! Dépêchez-vous ! Fait pas un temps à mettre un facteur dehors ! Vincent (Zo), Martin (Luther), Alexandre (le Grand), Pihuit (et neuf), Chérif (fais-moi peur), Vincent (Zo)… Mais n'ayez donc pas peur ! Regardez, là, là, elle ne mord pas ! Hein, ma Bambi, que tu ne mords pas ? Un petit verre, facteur ? Dites donc, z'êtes pas en avance encore un coup. Droite. Gauche. Droite. Il fait beau, aujourd'hui, non ? Qu'est-ce que vous nous portez ? Encore des publicités ? Et il est heureux, le facteur ! Allez, je vous ressers. Mais si ! Mais si ! Si, si, je vous assure, il est parti avec. Droite. Gauche. Pédalez ! Pédalez ! Je signe ici ? C'est pour qui ? Drôle de temps aujourd'hui. Non, ma femme n'est pas là. Mais entrez donc boire un verre, par cette chaleur. Plantin (sapin). Vazek (tomie). Saussy (son sec). Allons, Bambi, dis bonjour au facteur. Gauche. Droite. Gauche. On est quoi aujourd'hui ? Mardi ? Jeudi ? Les pédales tournent sur leur axe. Encore. Tourner. Chaque jour. Les mêmes noms. Les mêmes visages. Les mêmes mots. Les mêmes jours. En rond. J'avance en rond. Retour sans cesse à la case départ. La sacoche qui se remplit. La sacoche qui se vide. Qui se remplit. Qui se vide. Les jambes tournent. Les verres qui se remplissent. Qui se vident. Tourner. Tourner. Tourner. Tourner. Parler du temps qu'il fait, du temps qui passe. Parler et tourner. Un carrousel bavard, dont je suis l'axe, immobile, immuable, la tournée qui tourne autour de moi. Comme un praxinoscope, qui fait défiler les espaces séparés pour leur donner l'illusion d'une continuité dans l'espace et le temps. Et si je parvenais à bloquer la roue ? Temps mort. Sur l'image de la jolie rousse, celle de la tournée de Pierre, chez Mesplier. Je freine. J'arrive chez M. Armant.

C'est ce qu'on appelle une gueule. Le visage strié. La peau piquée. Un œil constamment fermé. L'autre, terne, vous fixe. Et un menton énorme.

– J'étais avec Massu. Le général.

Il tient une photographie, qu'il me tend. Il doit avoir une vingtaine d'années, en uniforme. J'essaie de retrouver ceux du vieillard dans les traits du jeune homme immobile. L'œil gauche, légèrement fermé, annonce le borgne. Le menton, quoique proéminent, est moins épais, moins lourd. Les sourcils, blancs et broussailleux, sont noirs et fins. Le nez enflé, plus étroit. La bouche, qui dessine un sourire renversé, plus droite. En reportant les yeux vers le vieil homme, malgré les ravages que les ans lui ont infligés, je vois apparaître, comme un palimpseste, sous les traits grossiers, sous les rides et les cratères de la petite vérole, sous le masque infâme de la vieillesse, le visage fantôme que ce masque recouvre. Et, comme une révélation, l'espace d'un instant, c'est le jeune officier qui se tient devant moi et dont la face refait surface par intermittence, comme si une lutte indécise s'engageait sous mes yeux, entre deux états d'un même être, deux états dont chacun chercherait à prendre le dessus, sans jamais y parvenir.

– 10e division parachutiste. L'honneur de la patrie. « La torture contre la terreur », on disait. Je peux vous dire, moi, qu'à certains moments, on savait plus qui on torturait, ni pourquoi. FLN. Pas FLN. Terreur ou pas, c'était devenu une fin en soi. Pas pour tous, non. Mais on était nombreux à avoir appris comment y prendre du plaisir. De toute façon, c'était ça ou devenir dingue. La gégène bien sûr, mais il y avait aussi la baignoire. Et ceux qu'on pendait. Et le chiffon. Tenez, je me rappelle une fois…

Je n'écoute pas, pas vraiment. La guerre d'Algérie, moi (M. Armant dit « les événements »), je n'y comprends pas grand-chose. C'est un peu loin. Un peu vain. Et pas très héroïque. Du moins de ce côté-ci. Pas très exaltant. N'empêche, cela fait bien un bon quart d'heure que M. Armant vide son sac d'horreurs et je suis fasciné, pas par ce qu'il me dit, non, par sa présence devant moi.

– Vous savez, jeune homme, ce qui reste, ce sont leurs mains. Oui… Les visages on oublie. Je me souviens d'aucun. Mais je me souviens des mains. Il faut les voir, ces mains, quand un homme est étendu, là, brisé, avec du sang, du vomi, de la pisse, et ces mains blanches, ces petites mains qui échappent à l'horreur et rappellent qu'il s'agit bien d'un homme… Elles me hantent, ces mains, toutes ces petites mains, toutes les nuits, j'en fais des cauchemars, vous savez, des cauchemars atroces.

Je regarde ses mains à lui, des mains ridées, tachées, maigres, avec des doigts squelettiques qui cliquettent dans les volutes de la cigarette, comme s'ils cherchaient à caresser le passé.

– Au centre de Châteauneuf. Le PCO. Le laboratoire, on disait. On les attachait sur un banc, à poil. On les arrosait.

M. Armant fume sec et, ça tombe bien, boit sec. Il parle sec aussi, des phrases courtes, incisives, taillées à la serpe. La voix râpeuse. Comme une mitrailleuse. Et les mains qui virevoltent dans la fumée.

– Une pince sur une oreille. L'autre sur le sexe. Il faut les voir se tortiller, comme des poissons hors de l'eau.

Et je sais ce qui me fascine. Cette présence. Il est assis devant moi, il fume, il boit, il parle et, dans le même instant où il me livre – pourquoi ? – les monstruosités qu'il a lui-même commises – pourquoi à moi ? –, il est encore là-bas, il est toujours là-bas, il n'a pas quitté le « laboratoire » et il continue, inlassablement, de torturer encore et encore ceux qui ne sont plus des victimes, mais des fantômes complices, qui le torturent en retour. Et moi, je reste encore sur le seuil, incapable de traverser avec lui, de voir ce qu'il me dit qu'il voit, en ce moment même, d'entendre les cris qu'il me dit qu'il entend, en ce moment même, de sentir ce qu'il me dit qu'il sent.

– Les cigarettes. L'odeur des chairs brûlées. Ça ne vous quitte pas. On l'a dans le nez.

Oui, il me fascine par ce don d'ubiquité que je ne possède pas, une chimère à deux visages, l'un ici, tourné vers moi, aimable et souriant, terrifiant, l'autre là-bas, tourné vers eux, probablement aimable et souriant, terrifiant, doté d'une profondeur dans l'espace et dans le temps, un homme qui se côtoie lui-même et vit avec ce monstre qu'il a été, tandis que moi, je n'ai qu'une dimension. Les échasses du temps. Mais les échasses traversent des ronciers qui les lacèrent, et les marquent, et les érodent, et ces plaies du passé continuent à faire mal, tout là-bas, si loin en dessous. Les fantômes du passé que l'on a fait souffrir s'accrochent aux échasses et y plantent leurs ongles, vous griffent, vous déchirent, profondément, pour remonter jusqu'à vous, au vous de maintenant. Et, en ce moment précis, j'envie le monstre. Je veux être un monstre. Je vide mon verre. Cul sec.

Jean a une tête affreuse, les yeux injectés et la peau comme du carton qui colle au crâne. Une longue barbe lui mange les joues. Il m'explique qu'il est devenu accroc à l'herbe rouge. « C'est peut-être la tomate », ajoute-t-il en souriant piteusement. Il en mange tous les jours. Évidemment, je manifeste mon envie d'en goûter une. Il a une grimace d'avare. Il porte ses longues mains crivelliennes à son visage et me regarde à travers la grille de ses doigts.

– Si tu voyais ce que je vois. Non, non, non. Je ne te laisserai pas y goûter. Bon Dieu ! Non !

Je ravale ma remarque sur le « bon Dieu », et j'insiste un peu :

– Tu sais, au moment même où nous parlons, je vois une tête de taureau à ta fenêtre. Alors, question visions, je suis servi !

Il me répond que je bois trop. C'est à se tordre.

– Crois-moi, tu devrais faire attention. Les gens parlent. Ils disent que tu es bizarre. Que tu es ivre du matin au soir.

J'interromps : le soir, ils ne me voient pas. Il poursuit :

– Ils se plaignent. Ils disent que tu empestes l'alcool. Que tu n'arrêtes jamais de boire. Que tu ne tiens pas sur ton vélo. Il y en a même qui racontent que c'est toi qui as zigouillé la vieille.

J'éclate de rire :

– Madame de Vigne ?

Jean aussi :

– Je sais, c'est ridicule. Mais bon, que veux-tu, c'est la campagne… Tu as lu le journal d'hier ? L'enquête piétine, comme ils disent.

– Oui, j'ai vu. Ils disent que c'est un rasoir, apparemment, un de ces coupe-choux de barbier. C'est d'un romantique !

– N'empêche, tu devrais faire attention.

– Sinon quoi ? On va me mettre à la porte ? Tu crois que je tiens à ce boulot ?

– N'empêche.

– Ouais !… Ah ! Et les Guetteurs ? Où tu en es ? J'ai adoré ce truc.

Cette fois, l'expression de Jean est indescriptible. Il me regarde en coin. Il se dandine d'une fesse sur l'autre. Il pèse le pour et le contre.

Trente personnes, immobiles, nous font face. Jean me montre un carnet couvert de chiffres. Il m'explique qu'il a numéroté chaque écran. Qu'il a remarqué certains mouvements récurrents. Que, notamment, ils lèvent la tête vers le ciel, par intermittence, certains presque en même temps. Il a donc noté, sur des journées entières, le numéro de l'écran à chaque fois que le Guetteur correspondant levait la tête. Moi, je regarde des dizaines de pages entièrement noircies et je me dis qu'il a perdu la boule. Il m'explique qu'au début, ça ne donnait rien. Et puis il a réfléchi au fait que l'ordre des écrans, tels qu'il les avait disposés, était fortuit. Il a donc essayé plusieurs combinaisons. Plusieurs dizaines avant de tomber sur ce qui semble le bon ordre. Un foutu coup de bol. Selon la combinaison qu'il a arrêtée, les Guetteurs lèvent la tête dans un ordre qui, une fois transcrit en nombre, offre des séquences cohérentes. Et il me montre. Lundi dernier : 8-4-8-20-4-5-8-6. Mercredi : 11-7-20-30-9-17. Samedi : 13-5-4-4-8-6-22-7. Jean a perdu la boule.

– J'ai moi-même mis du temps à comprendre. Je cherchais un ordre logique, des symétries, des boucles. Il n'y en a pas. Tiens-toi bien. Ce sont des séquences de *phi*, le nombre d'or ! Tu vois, ici, j'ai effectué un relevé sur trois jours d'affilée, du moment où ils s'installent au moment où ils repartent. Les séquences s'enchaînent, très précisément. Tu comprends ce que ça veut dire ? Il n'y a pas de hasard ! Bon Dieu ! Tu comprends ? C'est tout à fait incroyable. Les mouvements de ces gens répondent à une structure prédéterminée. Leurs gestes sont contraints par une pulsion sériée, musicale, architecturale. Il y a comme un flux, une onde qui les traverse, une onde souterraine, presque imperceptible à l'homme, qui les agite. Mais regarde-les donc ! Ce sont des marionnettes ! Des marionnettes agitées par intervalle, au gré d'une harmonie purement mathématique. Et s'il en était de même, non seulement de ces Guetteurs, mais de nous tous ? Si nous étions tous mus par une mécanique supérieure, purement algébrique, qui nous animerait selon des récurrences cohérentes ? Chacun de nos gestes. Chacun de nos déplacements. Chacun de nos choix. Comprends-tu ce qui se cache là-derrière ? J'ai démasqué la Providence. La signature divine. J'ai révélé l'ADN de Dieu !

Jean a le regard allumé. Ses mains tremblent sur ses cuisses, qu'elles caressent de haut en bas, compulsivement et rythmiquement. Avec sa barbe hirsute, il ressemble à un prophète. Je réponds :

– Mais l'ordre. L'ordre des écrans. Désolé, Jean, mais je n'y vois pas d'autre main que la tienne.

– Tu es incrédule. Je comprends. Mais tu n'as pas ma hauteur de vue. Tu n'es pas resté des heures devant ces écrans, tu n'as pas vu !

– Et c'est peut-être ça, le problème, non ?

Jean me fixe, perplexe. Une profonde déception se lit sur son visage, un instant. Puis il se ressaisit et me sourit avec bonté :

– Il faut encore que je réfléchisse à tout ça. Je te prouverai que j'ai raison. Il faut plus de chiffres. Plus de chiffres, oui. Statistiquement, tu as raison, ce n'est pas convaincant.

Jean me ramène à la porte. J'enfourche mon vélo et, avant que je ne m'en aille, il me crie, tout haut, en pleine rue, avec un large sourire qui lui fend le visage et le déforme :

– Au fait, tu l'as fait ? La vieille de Vigne, tu l'as zigouillée ?

Je le foudroie, sur place.

– Je te le dirai pas. Na !

– Elle est partie.

M. Jourde pleure à chaudes larmes.

– Vous vous rendez compte. Elle est partie.

– Mais qu'est-ce qu'il s'est passé ?

– Qu'est-ce que j'en sais, moi ! Depuis des semaines, elle me reprochait d'être amoureux de la voisine. Paix à son âme. La voisine ! Amoureux d'une morte ! Je vous demande un peu ! Elle était en plein délire ! « Et tu as couché avec ? Et depuis quand ? Et où ? » Sans arrêt je vous dis ! J'en pouvais plus. Et puis, tout à coup, hier matin… après votre passage, tiens !… elle a fait ses valises et elle est partie. Elle est partie. J'en reviens pas. Tenez ! Je nous ressers.

– Là, merci. Et vous savez où elle est allée ?

– Alors là, tenez-vous bien ! Je vous le donne en mille. Si j'avais pu imaginer. Elle est partie chez Barthélemy.

– Monsieur Barthélemy ?
– Oui.
– Celui qui est en haut de la côte des Gatchounes ?
– Oui.
– Mais… elle le connaissait ?
– Elle couche avec.
– Non…
– Elle me l'a dit.
– Mais depuis quand ?
– Elle n'a pas voulu me dire.

– Et où ? Où se voyaient-ils ? Vous étiez presque toujours à la maison.

– Je sais pas. Quand elle allait au marché ? Au loto ? Allez savoir !

– Mais… vous en êtes sûr ?

– Elle me l'a dit, je vous dis. Allez. Je nous ressers.

– Merci. Elle vous l'a dit. Elle vous l'a dit. Elle a peut-être juste voulu vous rendre jaloux.

– Elle avait l'air sincère. J'en reviens pas ! J'en reviens pas comme elle me manque, maintenant. Maintenant, je vois bien que je l'aime. Enfin… C'est que je m'y suis habitué, vous comprenez ? Je l'ai toujours eue là, à mes côtés. Qu'est-ce que je vais faire, moi, tout seul ? Vous voulez me dire ?

Tout en écoutant la voix pitoyable de M. Jourde, tellement pitoyable que je ne reconnais plus là mon vieil ami et que je n'éprouve pour lui aucune forme d'une quelconque pitié, que je joue, mal sans doute, la pitié qu'il attend légitimement que je ressente, je caresse, dans la poche de mon pantalon, le manche nacré du coupe-choux que je me suis acheté, je ne sais pas pourquoi. Une pulsion morbide, malsaine, oui, mais j'étais tellement excité. C'était dans un vide-grenier. Il était là, entre des vieilles prises électriques en céramique et des angelots en bronze, sur une horrible nappe cirée à 2,50 euros. Et je l'ai acheté. Je crois que j'avais envie de me mettre dans la peau du tueur. C'est la réponse la plus évidente. Pénétrer dans les maisons, avec l'arme dans ma poche. Ressentir le frisson du meurtre possible. Il faut dire que, comme en ce moment, je me retrouve souvent seul avec le client, chez lui. Ils ont confiance en moi. Ils ne se méfient pas. Ils me laissent entrer. Il me serait tellement facile d'en tuer un, ou une, une femme, oui, une femme seule, qui n'aura pas la force de se défendre. Déplier le rasoir. L'appuyer sur la trachée et schlac ! Une saignée rapide, mais fatale.

– Allons, elle va revenir, j'en suis sûr…

– Non ! Elle reviendra pas ! Et puis, c'est de votre faute tout ça !

M. Jourde a hurlé. Je me rends compte tout à coup qu'il est complètement saoul. Je me rends compte dans le même temps que moi aussi, bien sûr, mais c'est secondaire. Il me regarde en biais, l'œil mauvais, le nez plissé. Ironie du sort, je pense à Bambi, la chienne de Barthélemy. M. Jourde décharge sur moi toute sa rage :

– Oui ! C'est de votre faute ! Si vous aviez pas trouvé Mme de Vigne ! Si vous étiez pas venu nous emmerder avec ça ! C'est vous ! C'est vous !

Il me hurle cela à la face, tout près, et je sens l'odeur pestilentielle de sa bouche pénétrer mes narines. Je referme la main sur le rasoir, là, dans la poche de mon pantalon. Il est tout près, si près, ce serait si facile, sous le menton, là, la gorge enflée par le cri, schlac ! Je me lève et je me dirige vers la porte, poursuivi par les hurlements hystériques du vieillard :

– C'est vous ! C'est vous ! C'est vous !

Je claque la porte et les derniers mots que j'entends sont :

– Je vais te péter la gueule, facteur !

Ce n'est pas sans une certaine appréhension que je pénètre chez Mme Hardy. Je n'ai pas passé le pas de la porte qu'elle me prend par le bras et me conduit à l'étage, en me susurrant de sa voix flûtée qu'Ophélie m'attend avec impatience, que c'est l'heure de sa coiffure, qu'elle est si heureuse que je sois venu, que sa fille aussi sera très heureuse, qu'elle lui a beaucoup parlé de moi depuis la dernière fois, qu'elle me trouve charmant, vraiment, et qu'il ne faut pas que j'hésite à m'arrêter même quand il n'y a pas de courrier. Devant la coiffeuse se trouve, toujours aussi invisible, la pâle Ophélie. Mme Hardy sautille comme une merlette, une merlette grasse et joyeuse. Soudain, elle me tend la brosse à cheveux.

– À vous ! Allez-y ! Coiffez-la !

Je refuse poliment, je minaude, je renâcle, j'argumente, je perds du terrain et enfin je cède. Je m'approche de la coiffeuse et je commence maladroitement ma pantomime.

– Ah ça ! On voit que vous avez pas l'habitude.

Je m'applique. J'essaie de sentir la résistance des mèches emmêlées entre les dents de la brosse, et le moment où le nœud cède et libère le geste, tandis que les cheveux glissent et s'étirent, élastiques. Je ne sais pas pourquoi, je les imagine noirs, d'un noir de jais. Et mouillés. Oui, il faut qu'ils soient mouillés. Qu'ils collent sur la nuque, sur les lobes, sur les épaules nues. Mon mouvement doit s'être amélioré car Mme Hardy ne dit plus rien. Elle a joint ses deux mains et contemple amoureusement le couple qu'elle vient de former. Et je sens soudainement, avec horreur, sur ma nuque, sur mes épaules, le poids du joug qui m'unit à l'invisible. Je sens aussi, dans la poche de mon pantalon, le poids infime, et énorme, du rasoir droit. Tout en coiffant d'une main, sans vraiment y penser, je laisse tomber mon autre main qui atterrit comme d'elle-même dans ma poche, qui a déjà saisi le coupe-choux et l'a déjà déplié, mon autre main qui ne tremble pas mais monte lentement jusqu'à la gorge blanche, palpitante d'Ophélie qui renverse sa tête en arrière et ses longues mèches noires comme de l'encre marine et humides comme des tentacules glissant jusque sur ses reins cassés, elle offre sa gorge à ma main qui tient la lame. Et je m'exécute. Un mouvement vif, horizontal, une droite parfaite, de la gauche vers la droite, comme un train luisant qui traverse la neige. Mme Hardy hurle non. Non. Non. Non. Et ma main replie le rasoir, le remet dans ma poche. Mon cœur bat lentement. Ma respiration est calme. Je fixe Mme Hardy, qui répète non non non. Je dis :

– Elle était déjà morte. Elle repose à présent. Et vous devez vous aussi vous reposer.

À présent que j'ai goûté au sang, tout mon être en réclame encore. Mme Hardy est prostrée. C'est une proie facile. Il me suffit de m'approcher lentement, ce que je fais, et, une fois parvenu à sa hauteur, de la plaquer contre le mur, ou de la saisir par les cheveux et de trancher, encore, dans la gorge, une vraie gorge, une gorge grasse, et de la saigner comme une truie grasse et de regarder le liquide rouge et gras couler sur les fruits de sa robe, souiller le printemps, ce que je ne fais pas. Je glisse devant elle, je descends les escaliers, je passe le seuil, je remonte sur le vélo et je pédale, accompagné par le mugissement des taureaux. Ils sont des centaines, autour de moi. Et leurs cornes ! Oh ! Leurs cornes ! Elles étincellent ! Je pédale sur le dos des taureaux, qui courent sous mes roues, les dos terreux des taureaux comme une plaine musclée, qui tremble sous mes roues et me porte sous le cercle sanglant du soleil.

M. Barthélemy me regarde de biais, l'œil plus noir que sa chienne. Drapé dans son dédain. Moi qui croyais qu'il m'aimait bien. J'ai seulement demandé comment se portait Mme Jourde. Il n'y avait pas de malice. Ou je ne pensais pas qu'il la percevrait. Il me semblait avoir mis dans le ton de ma voix tout le naturel d'une simple politesse. « Comment se porte Mme Jourde ? » L'innocence même ! Et depuis, j'essuie en retour une telle salve, j'ignorais qu'on pouvait penser cela de moi. Je n'ai qu'à me mêler de mes affaires ! De toute manière, il ne m'aime pas, il ne m'a jamais aimé. Je suis même exactement le genre de personne qu'il déteste. Il passe rapidement sur le fait que je suis un ivrogne et que je fais mal mon travail, ceci expliquant selon lui cela (selon moi, ça n'a rien à voir). Non, l'odeur d'éthanol que je répands comme une traînée dans le sillage de ma bicyclette n'est même pas le cadet de ses soucis. Mais il l'a repérée dès le premier jour où il m'a vu, cette suffisance, cette arrogance insupportable. Ça suinte par tous mes pores. Je juge les autres comme des créatures incapables de mesurer la chance qu'elles ont de pouvoir jouir de mon attention. Il les connaît, les gens comme moi ! Des entomologistes qui épinglent les êtres pour mieux les disséquer, avec leur sourire enjôleur. Qui n'écoutent que pour mieux parler. Qui font semblant de compatir, mais ne ressentent rien. Qui dévorent la peine des autres. Pour la faire leur. Le nombril comme un trou noir. Il la sait par cœur, ma rengaine. Mon ignorance de la mort. L'infranchissable distance, dont je me plains à tout le monde. Pauvre facteur. Tellement plus à plaindre. Tellement plus important. Tellement différent. Comment sait-il tout cela ? Je ne lui ai jamais parlé de mon ignorance de la mort ! Jamais ? Mais je ne parle de rien d'autre, à qui veut bien m'entendre ! Les sombres prairies. L'espace infini. La belle rousse inconnue. Tous les jours, la même chanson ! Moi ! Moi ! Moi ! Moi ! Oh ! Les gens m'aimaient bien, au début. Lui aussi a failli s'y laisser prendre. Mais il a vite vu clair dans mon jeu. Et tout le monde voit clair à présent. Tout le monde a compris qui j'étais. Quel insupportable putois. À charrier mon ego partout avec moi, comme un panneau signalétique. Regardez-moi ! Aimez-moi ! Ne vous intéressez qu'à moi ! Mesurez-vous à moi et rendez-vous compte, rendez-vous compte de votre petitesse, de votre insuffisance, de votre carence, à vous, les bouseux, qui vivez au cul des vaches, le nez sous la queue, tandis que moi, moi, moi, je pédale dans les espaces éthérés, à mouliner des abstractions inutiles que je pense absolues, des complaintes en stuc que je fais reluire comme un cristal délicat, une âme sans cœur que je fais résonner comme une cymbale céleste. Du vent ! Rien que du vent ! Une outre remplie de merde, voilà ce que je suis. Il devient vulgaire à présent et m'égraine un ravissant chapelet d'ordures que j'essuie stoïquement. Enfin, les insultes s'espacent. La source se tarit. Et, de la voix la plus douce, je rétorque :

– Vous avez volé la femme de M. Jourde.

M. de Charlus fulmine à présent. Il est scandalisé ! De quel droit ? Je ne sais pas de quoi je parle ! La pauvre femme ! Je l'interromps :

– Inutile de vous justifier devant moi. Je sais ce que vous êtes…

Il me regarde, perplexe, puis se met à bégayer :

– Je… Je ne… comprends pas…

Tout en lui répondant que moi, je me comprends, je remonte sur ma bicyclette. Et c'est là que je la remarque. Mme Jourde. Cette chère Mme Jourde, toujours si aimable, toujours si serviable. Toujours prête à me servir un petit remontant pour ma peine. Son visage se découpe, presque transparent, dans l'encadrement de la fenêtre, et le regard de profond mépris qu'elle fixe sur moi me transperce le cœur. Je sens une boule dure se former dans ma gorge. Elle s'écarte, surprise. Et à sa place, je vois apparaître un joli garçon, le visage fendu d'un large sourire, qui m'est extraordinairement sympathique. Je lui souris à mon tour, avant de m'apercevoir que c'est mon propre reflet dans la vitre.

Gauche. Droite. Gauche. Droite. C'est une longue portion de route, plate et sans maisons. À droite, un champ. À gauche, la forêt. Je regarde défiler les troncs raides, à la lisière. Et puis mon regard s'enfonce. Parviennent à mes narines les odeurs de mousses, de feuilles mortes, de moisissures, de racines et de terre. J'entends le frôlement visqueux des vers et des limaces, le grouillement des insectes, coléoptères, fourmis, araignées, pucerons, toute cette vie minuscule qui se croise, se heurte, se piétine, creuse, défèque, dévore et copule sans cesse, le craquement des branches mortes sous le pas lourd des grands animaux, tous les sens aux aguets, occupés, frémissants, le pépiement hystérique des oiseaux et le bruissement des feuilles par où filtrent les rayons. À quelques mètres de moi, un fossé à enjamber, et je me plongerai dans l'oubli sauvage et impudique, les arceaux verts des fougères sous mes doigts, la morsure des houx, des ronces, des orties, l'argile molle où plonger les mains, les bras, où m'ensevelir tout entier pour me fondre, m'amalgamer et disparaître enfin. Me laisser pénétrer. Les racines grimpent par tous les orifices, à l'intérieur, le long de la colonne, autour des côtes, se hissent jusqu'au crâne et bourgeonnent là, sous la peau, explosent de sève et emplissent l'enveloppe de fleurs odorantes tandis que les vers rongent la peau, les chairs, emportent dans leurs ventres avides ma chair, et que les mousses me couvrent le visage, pour que je fasse corps, enfin, avec le sol.

Sans m'en rendre compte, je me suis arrêté. À ma hauteur passe le vieux Soldi, qui martèle l'asphalte de ses baskets rutilantes. Je le salue quand il me croise, il ne me répond pas, il poursuit sa route, le regard dans le lointain.

Devant moi la venelle. Les ronces et les épines s'écartent d'elles-mêmes pour me laisser passer. Devant moi le repos. Je passe parmi les amanites, les nains, les oies et les oisons, je saisis le heurtoir à tête de bœuf, couleur caramel mou. Je frappe. La porte s'ouvre. Elle est bien là, devant moi, avec son chignon et son doux sourire. Elle s'écarte légèrement pour me laisser passer et referme la porte sur mon passage.

Le tissu doux sur ma joue. Parfum de cassis. Mes joues trempées de larmes. Son ventre qui s'enfle à chaque respiration contre ma nuque. Les doigts de Mme Houdin caressent mes cheveux. Là… Là… D'une voix comme une brise humide, dans mes cheveux. Là… La mollesse des cuisses sous ma joue. La mollesse où je m'enfonce et le tissu que je mouille. Là… Là… Là… D'une voix comme un air lourd de tous les confins, un murmure d'au-delà paresseux, presque liquide, qui charrie dans son flot la tristesse infinie. Là glissant, là… Rampant dans mes cheveux, comme des couleuvres, coulant de mes cheveux comme des cascades sucrées, des nappes d'enfance, des jupes de géantes qui claquent comme des voiles devant mes yeux d'enfant, dans le vent qui s'étire comme le temps, les secondes lourdes comme des gouttes d'or, mystère des fissures, paysages minuscules, rayons vivants d'arabesques poudreuses où se perdre, là… Un orient perdu, qui gronde comme une vague, dans mes cheveux que sillonnent les ongles tendres de Mme Houdin. Là… Là… Là… Les bulles hypnotiques de la lampe Lava, en forme de fusée, les bulles qui se détachent douloureusement et roulent comme des ballons bleus. Et, à l'arrière-plan, alignées verticalement, les quatre chaises couchées, où se tiennent, assis, les jambes serrées, les mains sur les cuisses, le dos droit, le visage impassible comme des moai, *Mata-ki-Te-rangi*, la mère de Jean, Mme de Vigne, une jeune fille que j'imagine être Mlle Hardy, et M. Soldi ; mes quatre juges, grimpant le long du mur. Ils ne bougent pas, ils me fixent de leurs yeux superposés. Les ongles me labourent le crâne à présent et mes joues se couvrent de sang. Là… Là… Là… La voix qui m'apaise, qui me plonge dans l'enfance éternelle sous les yeux des fantômes qui m'accueillent en leur sein. Je ferme les yeux. Les bords dentés des feuilles s'écartent comme les voiles de Maya et me découvrent les grappes noires, comme des perles, que j'écrase entre mes doigts pour en faire jaillir le jus violacé. L'odeur du cassis, amère et boisée, comme une transpiration maternelle. Le tissu doux sur ma joue.

– Et c'est plus facile de rester la bouche ouverte…

– Que le bras tendu !

Et tout le bureau de s'esclaffer. J'ai mal à la tête. Je regarde voler devant moi les lettres. La grille du casier, une grille en fer, qui découpe mon monde en tranches. Les lettres cognent le fond, et leur fracas résonne sous mon crâne comme des obus. Bang ! Tout faire voler en éclats, tandis que les noms et les numéros dansent dans ma tête et que je m'amuse à chercher une logique dans leur enchaînement. Évidemment, il n'y en a pas. Jean a tout simplement perdu la boule. Et bang ! Et bang ! Les lettres contre le fond métallique du casier. Et la voix de Pierrot : Dedieu (le fils). Lagloire (de mon père). Audibert (taux grands pieds). Bang ! Les Noirs, tout de même, ont le sens du rythme. Bang ! Toujours en train de danser ou de chanter. Bang ! Bang ! Ils ont ça dans le sang. Bang ! Février (le court). Carat (mel). Bang ! C'est leur côté sauvage, instinctif. Ils vivent en contact avec la nature. Bang ! Hugo (Victor). Pihuit (et neuf). Dedieu (le fils). Bang ! C'est surtout de sacrés sportifs. Y'a qu'à voir aux Jeux olympiques. Bang ! Pierrot lance :

– En parlant de sportif, le pépé Soldi est mort. Il y a deux jours. Crise cardiaque ! C'est sur ta tournée, ça. Tu le savais ?

Je souris :

– Il y a deux jours, ça m'étonnerait. Je l'ai croisé hier. Il courait, avec ses baskets neuves.

On n'entend plus que le bang ! bang ! bang ! bang ! de mes lettres qui tapent au fond de mon casier. Personne ne sourit. À part moi. Tous détournent le regard, gênés, et Pierre remue la tête, d'un air de désapprobation. Soudain, une guichetière, elles sont jolies les guichetières, on ne les voit jamais, passe son minois doré dans la salle de tri et me désigne d'un coup de menton :

– Tu es demandé au bureau du Receveur.

Je monte les escaliers. Aux murs, l'antique tapisserie à fleurs grouille comme une jungle. La porte, tout en haut, est ouverte. Assis derrière son bureau couvert de papiers colorés, le Receveur, le buste prisonnier de son gilet en laine d'où pend la chaîne de sa montre gousset, le cou serré par son éternel nœud papillon, l'œil profond derrière ses montures dorées, me fait signe d'entrer. Dans son dos, encadré de bois, un autre Receveur, plus jeune, torse bombé, tient le bras d'une belle femme brune, mélancolique, et pose sa main sur la tête rousse d'un petit diable en costume. Un cadre voisin contient une reproduction du *Serment des Horaces.* Entre les deux cadres, juste au-dessus du Receveur, ronfle un coucou suisse couleur chocolat. Je m'assieds. Il joint ses mains, fait tourner sa chevalière en or, prend une longue inspiration :

– J'ai reçu des plaintes vous concernant. Concernant votre état d'ébriété, durant la tournée. Concernant aussi des erreurs de distribution.

J'ouvre la bouche, mais il m'arrête d'un doigt comminatoire où brille la chevalière et se lance. Il ne veut pas me faire la morale. Je suis un maillon essentiel de la chaîne. Il m'aime bien pour tout dire. Parce que, au fond, un facteur, qu'est-ce que c'est ? Et il s'interrompt, dans sa mandorle de lumière derrière son vaste bureau. Il coule sur moi un regard de bonté. Puis il poursuit de sa voix d'orgue : un facteur, c'est un liant. Un facteur, ça agglomère. Un facteur, c'est une synapse. Il dit que je suis la confrontation. Que je les force à être. Que je ne suis pas un reflet. Que je les relie au Tout, avec un T majuscule. J'arrive chez eux, je suis la jonction, j'amène avec moi une parcelle de la maison précédente dans la leur, je suis la certitude qu'un lien est possible, et par ailleurs qu'il est effectué, et qu'ils n'ont pas besoin de le faire eux-mêmes. Je pars de chez eux, et j'emporte un peu d'eux dans la maison d'après, je les fais exister ailleurs, je les transporte. Il dit que je suis le passé et le futur. Dans l'intervalle, il est certain que j'ai comblé de ma présence passagère leur abominable, leur insoutenable solitude, en mouvement, et même, saisi en plein mouvement, un mouvement que je n'aurai achevé que quand j'aurai disparu derrière la haie du voisin. Et il termine en tonnant que je suis l'ordre, le cosmos, que je garantis une logique spatiale et temporelle, toujours la même, qui, par le mouvement circulaire qu'elle opère, circonscrit les atomes zigzagant, leur donne une aire, où se délimiter. Et puis il se lève, de toute sa hauteur bonhomme, baigné de lumière, tout sourire, et me serre la main. Je grimace un peu, un doigt écrasé par la chevalière.

Facteur éprouvant un impérieux besoin d'amour recherche corps pour sentir les plis d'une peau, et fourrer son nez dans un creux poplité. Il me tient au ventre comme une boule électrique, ce besoin d'amour. Et c'est lui, sans nul doute, qui m'a transporté où je me tiens maintenant. La Providence. Depuis le buisson derrière lequel je me suis tapi, je suis aux premières loges. Mme François a laissé sa porte-fenêtre grande ouverte. On devine une partie du salon mais surtout, à l'arrière-plan, l'encadrement d'une porte, elle-même grande ouverte, qui donne sur ce qui est visiblement la chambre et, à l'intérieur de la chambre, va et vient, apparaissant puis disparaissant dans le cadre, le corps entièrement nu de Mme François. Elle se tient bien droite, et va, puis vient, d'un pas mécanique, la taille raide, étrangement cambrée cependant. Une plastique irréprochable. Un visage sans trait, angélique. Tellement parfaite de blancheur et de lignes qu'elle en est monstrueuse. Une monstrueuse poupée, la blondeur acrylique, la peau sans tache, les yeux fixes comme des billes de marbre. Mon regard alunit un moment sur le losange de Michaelis, les deux fossettes au creux des reins, à sept centimètres au-dessus de la raie des fesses, et la fossette peu visible placée sous l'apophyse épineuse de la cinquième vertèbre. Elle enfile des dessous noirs, appliquée, avec une raideur de mannequin. Les jambes, la taille, la nuque, raides. Seuls les bras, au niveau des coudes, semblent articulés. Comme si on pouvait les dévisser, en démonter l'ingénieux mécanisme. Elle se glisse dans une longue robe noire, au tissu souple, et ses hanches deviennent courbes. Rouge sur les lèvres. Fard sur les joues. Elle reprend vie. Elle s'anime. Dans ses yeux maintenant maquillés nichent des lunes humides. Un parfait simulacre de vie. Enfin, elle se coiffe d'un crêpe de deuil. Il est mort. Je réalise soudain que je contemple une veuve. Et c'est précisément au moment où je le réalise, au moment où la mort de M. François me frappe, que je sens sa présence derrière mon épaule, le poids de sa présence. Vêtu de noir, lui aussi, il me fixe d'un regard terne. Je me détourne de cette apparition pour reprendre ma contemplation de la veuve, mais le cadre est vide. Elle a disparu. J'entends le pas de M. François, qui s'approche lentement de moi. Et à présent il m'engueule :

– On peut savoir ce que vous faites là ? Le spectacle vous a plu, j'espère ? Espèce de fumier, va ! Fichez le camp d'ici avant que je vous fasse déguerpir à coups de pompe, espèce de sale voyeur !

Il s'avance vers moi, les poings serrés. Je le pousse, de toute ma force, il tombe en arrière et sa tête heurte le tronc d'un arbre. Il reste étendu, inanimé. De toute façon, il n'existe pas. Lorsque je me relève, mon regard croise celui de Mme François, qui est réapparue dans le cadre de la porte. Elle tressaille, comme surprise, puis elle se ressaisit, passe une main dans ses cheveux et me sourit, aguicheuse. Je quitte la place à toutes jambes.

Mal à la tête. Les os du crâne lourd comme une charpente d'acier surchauffé. Le soleil déverse toute sa chaleur sur mon dos. Il appuie de toute sa puissance, comme s'il voulait me clouer au bitume. Mon ombre roule à mes côtés. Juchée sur mon corps, une tête énorme, avec deux cornes acérées. Un minotaure à bicyclette. Ridicule ! Je meugle de douleur. De tristesse. Je meugle d'une indicible nostalgie, dans l'assiette dorée du soleil. La langue comme une pierre. Chez M. Jourde. Porte close. Chez Jean. Porte close. Chez M. Armant. Porte close. Chez Mme Ramirez. Porte close. Porte close. Partout. Une tournée fantôme. Tous unis. Contre moi. Les racines que je tisse entre eux. Elles me barrent la route à présent. La soif m'étreint. Une soif atroce. Abominable. La grande soif, celle de l'errant qui titube dans le désert sans fin, un cercle de sable où s'enlisent les roues, qui tracent derrière elles une ligne droite qu'aucun vent ne viendra effacer. Je monte l'ultime côte. Vers le soleil. Vers la chaleur de feu qui me brûle. Des portes closes. Des façades muettes, aux visages fermés. Il ne reste qu'une lettre dans ma sacoche. Une petite lettre légère comme une plume, qui glisse dans ma sacoche. Pour Mme Pertuis, avec le nom et l'adresse de

M. Pertuis, au dos. J'appuie sur les pédales, le cou tendu comme un câble. Le sang dans mes tempes. Je pose enfin mon vélo contre le mur d'enceinte du jardin, vide. Le saule ne me salue pas. Il ne danse pas. Il me tourne le dos. Une pieuvre morte, les tentacules pendant lamentablement. Je frappe. La porte s'ouvre. Je tends sa lettre, si légère, à Mme Pertuis. Un petit verre. Qu'elle me propose un petit verre pour étancher ma soif. Mais elle referme la porte sur moi, sans un mot. J'entends le bruit du verrou. Et j'entends ma voix qui supplie. Qu'elle me laisse entrer. Un verre. Juste un verre et je m'en irai. S'il vous plaît. Je vous en prie. J'ai si soif. Par pitié. À ma gauche, juchés sur des gradins, les douze applaudissent ma performance à tout rompre. Je m'écroule. Chaleur infernale. Soleil énorme. Feu.

J'ai abandonné mon vélo dans le fossé. J'ai enjambé le fossé. J'ai traversé le rideau des troncs droits. Dans la fraîcheur. Quitter la fournaise, l'enfer des autres, gagné à force de connaissance. Je suis l'innocence, je n'ai pas goûté le fruit, je suis l'ignorance originelle. Ma place est dans le jardin. Les arbres autour de moi, leur murmure séculaire, avec leur peau froide et rugueuse, comme des pattes d'éléphants. Plus profond. Plus profond. Dans l'ignorance. Les toiles d'araignée tendues comme des hamacs. Les fougères vertes qui s'inclinent. Les mousses vertes qui scintillent de rosée. Des champignons jaunes, orange, violets répandent leur venin, et parmi les volutes infestées les limaces grasses et luisantes se prélassent.

Comme des pierres précieuses, les scarabées s'incrustent sur l'ocre des feuilles mortes. Je me suis étendu. Dans l'ignorance. L'écoulement cristallin d'un ruisseau. Entêtant. Les chants cacophoniques des oiseaux. La démangeaison des insectes qui grouillent sur mon corps. Et le lourd et envoûtant balancement des branches au-dessus, comme des rames qui plongent dans l'eau grise du ciel, et poussent, poussent. La forêt s'ébranle. Je glisse, avec la forêt, je glisse, emporté à contre-courant du fleuve gris. Je laisse le temps s'écouler, sans résistance, je l'écoute me traverser, m'avaler tout entier. Peu à peu, la lumière descend le long des troncs tandis que la pénombre grimpe des profondeurs de la terre. Une lumière dure d'abord, une lumière d'ambre où la forêt se fige, une pâte de lumière qui englue le monde, et puis qui s'allège, qui se fait voile, presque transparent, voile moiré qui dématérialise les silhouettes des troncs, en efface les contours et les fait brasiller, déborder de leur propre enveloppe, s'étaler, à plat, comme un rideau gris, tandis que la pénombre grimpe des profondeurs de la terre, et que les arbres, les fougères, les feuilles brillent de leur propre lumière morte, s'irradient de l'intérieur, une pâle luminescence, comme des âmes d'arbre à présent, des âmes de fougères et des âmes de feuille, une âme de forêt comme un écrin trouble où mon corps flotte, insensiblement transporté dans le ciel qui bascule à présent au-dessus de moi, se retourne sur lui-même et laisse apparaître son revers d'encre, les premiers scintillements des étoiles, blanches encore, puis jaunes, et les troncs ne sont plus que de sombres sentinelles, autour de moi, une armée de pénombre, silencieuse, comploteuse, absente de toute sa présence, autour de moi, qui se referme sur moi comme un poing, tandis que la pénombre grimpe des profondeurs de la terre, se déverse en un noir écoulement, et la nuit tombe enfin, s'étend sur moi. L'étreinte froide de la nuit qui couche son ventre de néant sur moi. J'entends le bruit des bottes à présent. Les milliers de bottes, les milliers de fantômes qui viennent me chercher, pour se payer comptant, sur ma personne. Et là-bas, tout là-bas, entre les lignes noires entrecroisées, parmi les éclats d'os des étoiles, je fixe un petit point rouge, qui clignote comme un phare minuscule…

Épilogue

Pour éviter la multiplication des bactéries, la température est de 10 °C. On entend seulement les murmures et le frottement des pages. Les gens d'Ulysse goûtent le fruit doux comme le miel et se gorgent de lotus. Peterson lève le nez de son livre. Sokourov et Gonzales font une partie d'échecs. Sylvie Greenwood dort, étendue sur un sofa. Elin Larsson, Nanako Neko et Martha Goodyear conversent à voix basse, debout près du hublot. Leurs visages s'illuminent tour à tour, comme des fibres optiques. Peterson observe un instant les trois Grâces polychromes. Il mesure à quel point chacun est devenu une extension de son voisin, les huit ne faisant plus qu'un, l'Hydre de Lerne, songe Peterson, conscient que l'Agence a créé une sorte de monstre, parfaitement adapté au voyage inhumain dans lequel il s'est engagé. Bien sûr se pose la question du retour. Ulysse, divinisé par son Odyssée, devenu la somme des monstres qu'il a croisés, peut-il retrouver une vie humaine auprès de Pénélope ? Homère se garde bien de dévoiler le secret de la théophanie que constitue, pour les habitants d'Ithaque, le retour de l'homme aux mille ruses. Il a dû les consumer, pense Peterson, comme il a consumé les prétendants, ou bien se consumer lui-même. Quelle vie terrestre pour eux-mêmes après cette odyssée ? Quel poison l'haleine soufflée par ces multiples gueules exhalerait-elle pour ceux restés à quai ? Peterson se dit que l'*Odyssée* invite à sa constante relecture ; Ulysse entreprend un voyage perpétuel, le retour pour lui n'est qu'illusoire.

À présent, Ulysse verse le sang de la nekuia et recule, effrayé par la foule des morts qui approche. Le cavalier avance. « Échec », dit calmement Gonzales. Sokourov ne cille pas et déplace lentement son fou sur sa diagonale. Tous deux s'immobilisent à nouveau. Nanako, Elin et Sylvie observent, sans un mot, les distorsions de la lumière dans le hublot. Un petit paradis suspendu dans le vide. L'esprit lisse. L'esprit concentré sur la mission, en ligne droite, vers Mars. L'œil rouge du cyclope dans les ténèbres, au milieu du vide infini. Mon nom est Peterson. Il sourit. Mon nom est Peterson.

Anacharsis

Collection « Fictions »

Mika Biermann

Un Blanc

L'expédition scientifique de l'*Astrofant* dans les contrées antarctiques était de calibre standard, avec au programme un petit supplément ludique : envoyer dans le ciel de minuit le 31 décembre 2000 un feu d'artifice depuis le pôle Sud pour célébrer l'avènement du nouveau millénaire. Du gâteau.
Prétendre que tout a dérapé sur les pentes d'un iceberg quelconque serait trop facile – et très en-deçà de la vérité.
Mika Biermann est parvenu à retracer la chronique de cette nef des dingues dans un récit polyphonique parfaitement givré qui inaugure d'éblouissante manière le roman d'aventures du XXIe siècle.

Nakajima Atsushi

La Mort de Tusitala

Tusitala, « le Raconteur d'histoires », est le nom de guerre que l'on prêtait à Robert Louis Stevenson dans les îles Samoa, où il vécut aux derniers temps de sa vie. Engagé avec les Samoans contre les puissances coloniales, écrivant avec acharnement, défrichant ses champs, rêvant dans la lumière des tropiques, l'auteur de *L'Île au Trésor* s'était bâti là-bas une existence à sa mesure.

Nakajima Atsushi orchestre autour des dernières années de Stevenson un roman subtil en forme d'hymne à la vie. Alternant la narration et les pages d'un journal fictif, il se démarque de l'exercice biographique pour composer une fiction pure où se déploient sans limite le pouvoir et la puissance de l'imagination.

Halldór Kiljan Laxness

La Saga des Fiers-à-bras

Dans l'Islande médiévale, Thorgeir et Thormod, deux jeunes gaillards exaltés par les poèmes héroïques des temps jadis, décident de devenir des champions de légende. L'un, bardé d'acier de récupération, se rêve en fier et ombrageux guerrier, l'autre, plus littéraire, aspire à la renommée poétique des grands scaldes…

Ces dangereux imbéciles vont répandre le carnage parmi de paisibles pêcheurs de flétan, défier en duel les plus roublards des loqueteux, tenter de séduire des femmes autrement ensorceleuses, et emboîter le pas à de grotesques Vikings partis à la rapine en des terres lointaines.

La Saga des Fiers-à-bras est un chef-d'œuvre d'humeur noire.

Achevé d'imprimer en septembre 2013
sur les presses de l'imprimerie France-Quercy
à Mercuès (46)

Dépôt légal : octobre 2013
N° d'impression : 31412

Imprimé en France